한국여성작가연구

나혜석

어머니, 아내, 여자 그러나 인간이길 바랐다.
네 에미의 묘를 찾아 꽃 한 송이 꽂아다오.

한국여성작가연구

나혜석

서동수 지음

한국학술정보㈜

한국근현대문학에서 여성문인의 위치는 어디일까? 문학사에서 그들의 좌표를 설정하는 일은 그다지 어려운 일이 아닙니다. 오늘날 너무나 많은 여성문인들이 한국문학을 풍요롭게 해주고 있기 때문입니다. 그럼에도 여성문인들, 특히 근대문학을 짊어지고 온 그들을 다시 소환해야 하는 이유는 너무나 많습니다. 많은 관심과 연구가 이루어지고 있지만, 그들의 '민얼굴'에 대한 갈증은 여전합니다. 여기에는 그들의 문학적 완성도도 한몫을 하겠지만, 여전히 '여성'이라는 이름에 붙어 있는 무의식적 차별의식도 무시 못 할 듯합니다. 지금도 그러하니 그 당시는 미루어 짐작이 가고도 남습니다.

근대여성문인들에게 있어 삶의 시공간은 '여성'으로서의 길이 견고하고도 명확했던 시대였습니다. 루카치의 말을 조금 비틀어 말한다면, '하늘엔 전근대적 규범의 별이 있고, 그 별이 그녀들이 가야 할 여성의 길을 환히 비춰주던' 그런 세계였습니다. 게다가 식민지라는 역사적 시공간은 그녀들에게 남녀의 차별을 넘어 또 다른 억압의 짐을 부여했습니다. 이 중의 짐을 진 그녀들이 '작가'라는 직업을 택하는 순간 제3의 짐을 지는 '문제적 개인'의 등장이 시작된 것입니다. 여성의 규범과 윤리가 완고하던 때, 작가가 되겠다는 것은 스스로 '반항아'가 되겠다는 선언에 다름 아닙니다. 반항아를 향한 고운 시선은 기대하기 힘듭니다. 그들이 문단에 등장하기 시작하자, 남성 작가들은 그들의 정체성을 규정하려 했습니다. 그들은 '남성' 작가들의 보이지 않는, 때로는 너무나 표 나게 드러난 위계 속에서 자신의 정체성을 드러내야 했습니다. 그리고는 사회를 향해 여성의, 아내의, 자식의 목소리를, 때로는 식민지 민중의 목소리를 힘껏 외쳤습니다. 그 반향은 예상 외로 컸으며, 그래서 일제는 그녀들을 제국의 목소리로 쓰려는 교활함을 보였습니다. 아쉽게도 일제 문화의 대변인을 한 그들도 있었습니다.

여성문인들의 삶과 작품 속에는 우리 근대사의 질곡이 그대로 담겨 있습니다. 그들을 만난다는 것은 곧 근대사와의 조우이기도 합니다. 이 책은 그들에게 대한 이해를 돕고자 하는 데서 시작했습니다. 그래서 조금은 편하게 받아들일 수 있고 그들의 삶과 문학을 전체적으로 조망할 수 있도록 기획했습니다. 또한 책 말미에는 대표작을 실었기에 그들의 문학 세계를 직접 감상할 수 있습니다. 아무쪼록 이 조그마한 글들이 때론 잊혀지고, 소외받았던 그녀들을 널리 알리고 이해하게 되는 계기가 되길 바랍니다.

여기에 소개된 최정희 · 김지원 · 나혜석은 한국문화원연합회 경기도지회에서 간행한 『경기도 여성문인 Ⅱ - 현대편』(비매품)에 수록되었던 글입니다. 경기도지회의 양해를 얻어 단행본으로 출간하게 되었습니다. 오식을 바로잡았으며, 부정확한 문장과 내용은 수정보완하였습니다.

차례

01 들어가는 말

우린 소위 나혜석을 신여성이라 한다. 그렇다면 신여성이란 어떠한 자들인가. 그녀들은 신식 교육을 받은 여자 혹은 새로운 문화를 받은 신시대의 여성이다. 그렇다면 우리 조선의 신여성은 과연 누구일까. 문학계의 김일엽, 음악의 윤심덕, 무용의 최승희, 미술계의 나혜석일 것이다. 물론 나혜석은 화가로 등단하기 전 문학가, 소설가로 등단한 문인이기도 하다.

윤심덕　　　　　　최승희　　　　　　나혜석

나혜석에 대한 연구는 최근 90년대 말부터 2000년대에 들어 활성화되었다. 1995년 수원에서 〈나혜석 탄생 1백주년 기념전〉을 개최하였으며, 2000년에는 문화관광부에서 2월의 문화인물로 낙점하기까지 했다.[1] 이는 여성으로서 문화인물이 된 세 번째(신사임당, 안동 장씨 정부인, 나혜석)이기에 뜻깊다고 하겠다. 또한 예술의 전당에서 나혜석의 유작과 사진 자료와 학적부 사본까지 동원하여 성대한 이벤트를 마련하기까지 하였다. 또한 나혜석기념사업회와 경기문화재단 등에 의한 '나혜석 거리' 제정을 비롯하여 학문적 연구가 긴밀해지기 시작하였다.

신사임당

정부인

나혜석

---

1) 나혜석이 문화인물로 낙점되기까지는 어려움이 많았다. 문화인물 요청서는 2차에 걸쳐 제출되었다. 첫 제출은 나혜석 탄생 100주년이 되던 1995년에 제출하였고, 두 번째 제출은 2000년에 제출하였다. 이 때 문화관광부에서 받아들였다. (이경모, 〈한국 최초의 근대여성화가 나혜석의 삶과 예술 - 분방함이 빚은 아름다운 파국〉, 《미술세계》, 미술세계, 2002.2, p.122.

나혜석 연구의 선두는 이상경이다. 이상경[2]은 『나혜석 전집』을 발간하면서 나혜석에 대한 여러 편의 논문을 썼다. 그리고 나혜석 평전을 쓴 윤범모는 직접 나혜석의 장녀와의 인터뷰를 시도하는 열정을 보였으며,[3] 정규웅은 나혜석기념사업회의 유동준 회장의 권유로 나혜석의 전기를 쓰게 되었는데, 그는 나혜석의 감춰진 진면목을 파헤쳐보고자 다소의 소설가적 상상력을 가하여[4] 한 권을 완성하기에 이르렀다.

나혜석의 유명세는 화가도 문인도 아니었다. 나혜석과 그의 남자들이라고 해야 할 것이다. 그러나 러브라인으로 그녀가 신여성이 될 수 있을까. 그녀에게 현미경을 들이대는 순간 점점 여러 분자가 몽우리져 있음을 알 수 있다. 그것은 문필가 나혜석이요, 화가 나혜석이요, 여성운동가 나혜석이요, 애국운동가 나혜석이요, 자유를 염원한 나혜석이요, 진정한 사랑을 추구한 로맨티시스트 나혜석이었다. 하나씩 그 몽우리를 풀어가기 위해 1896년 4월의 어느 날로 여행을 떠나자.

---

2) 이상경, 『나혜석 전집』, 태학사, 2000.
3) 윤범모, 『화가 나혜석』, 현암사, 2005.
4) 정규웅, 『나혜석 평전』, 중앙 M&B, 2003.

나혜석 거리

나혜석 석상

02 나혜석의 생애

나혜석은 1896년 4월 28일 경기도 수원군 수원면 신풍리 291번지, 현재 수원시 장안구 신풍동 45번지 일대에서 나주 나씨 가문의 나기정과 수성 최씨 최시의의 5남매 가운데 넷째로 태어났다. 나혜석의 아버지 나기정은 경기도 관찰부 재판주사, 시흥 군수, 용인 군수 등을 지냈다. 그 덕에 나혜석은 부유한 집안에서 성장했다. 나혜석에게는 5남매의 형제가 있었다. 그중 나혜석에게 가장 영향력이 있었던 형제는 둘째 오빠 나경석의 영향이었는데, 그의 도움으로 나혜석은 우리나라 여성 최초로 미술 유학을 떠날 수 있었다. 또한 나혜석의 첫사랑인 최승구, 남편 김우영도 바로 나경석의 친구라는 사실은 나경석과 나혜석의 긴밀한 관계임을 알게 한다. 더구나 그녀는 김우영과의 이혼 후에 나경석의 호적 아래로 들어가기까지 하였다.

그녀는 현재 매향여자경영종합고등학교의 전신인 수원의 삼일여학교, 진명여학교 등에서 수학하였다. 나혜석은 진명여학교의 제1회 졸업생으로, 졸업시험에서 최우등 성적을 얻어 《매일신보》에 보도되기까지 한 수재였다. 이후 나혜석은 나경석의 적극적인 후원으로 도쿄의 사립여자미술학교 서양학

학창시절 나혜석

나혜석의 자화상(1928)

과 선과 보통과에 입학하였다. 이 당시 나혜석의 나이는 17세였다. 나혜석은 미술학교 재학 중, 근대적 여권론에 눈을 뜨게 되었다. 스웨덴의 여성 사상가 엘렌 케이, 일본의 첫 여성문예동인지 《세이토》 등을 통하여 여성운동 혹은 여권에 관심을 갖게 되었다. 이 관심은 《학지광》 3호에 〈이상적 부인〉을 발표하는 데까지 이르렀다. 그녀가 여권론에 눈을 뜰 당시 소월(素月) 최승구와 깊은 사이가 되었다. 그녀의 첫사랑이자 마지막 사랑이 된 최승구와의 깊은 사랑이 시작되었던 것이다.

나혜석의 유학생활은 아버지의 결혼 강요로 잠시 휴학상태에 들어갔다. 아버지의 강요를 거부한 대가는 유학자금의 지원거부였다. 그래서 나혜석은 잠시 동안 국내에 들어와 유학자금을 벌기 위해 소일거리를 했었다. 그러나 아버지가 돌아가시자 다시 유학길을 떠났다.

나혜석의 또 한 차례의 장례소식, 그것은 첫사랑의 주인공 최승구였다. 결핵으로 고향 전남 고흥의 군수인 형의 집에서 요양 중이던 최승구가 사망한 것이다. 나혜석이 문병 간 다음 날 최승구는 저세상으로 떠나 버렸다. 나혜석은 자신이 끝까지 병간호하지 못한 것을 자책하여 한동안 심적 고통이 상당했다. 그러나 이내 춘원 이광수와의 짧은 연애와 김우영과의 만남이 시작되었다. 아버지의 죽음, 첫 사랑 최승구의 죽음, 이광수와의 연애와 이별, 김우영과의 만남이 모두 한

이광수　　　　김우영

해에 치러졌다. 나혜석은 숨 막히도록 바쁘게 한 해를 살아 냈던 것이다.

　이같이 버거운 시간을 뒤로 한 1917년, 나혜석은 여성 최초로 소설을 발표하였는데, 작품명은 「부부」이다. 이 작품이 실린 《여자계》 창간호가 발굴되지 못해서 내용은 알 수 없으나 박화성의 증언에 의해 짐작할 수 있다. 다음 해 나혜석은 단편소설 「경희」를 『여자계』 2호에 발표한다. 이처럼 최초의 여성 소설가로서 문학도의 길을 걷게 되었다.

　화가 나혜석의 삶은 1919년에 본격적으로 이뤄진다. 그녀는 《매일신보》에 만평형식의 그림과 짧은 글을 첨부한 연재물을 발표하는 것으로 등단하게 된다. 그러나 1919년은 3·1 운동이 일어난 시기였다. 이 사건에 여성대표로 적극 참여하여 조직과 자금모금을 위해 개성과 평양을 다녀오기도 하였다. 또한 이화학당 만세사건과 관련하여 일제에 체포되어 5개월간 옥중생활을 하였다. 출옥 후 정신여학교 미술교사, 《신여자》 창간에 일조를 하기도 하였다. 이처럼 나혜석은 화가로서의 삶과 독립운동가로서의 삶을 병행했다.

나혜석은 1920년 4월에 김우영과 운명적인 결혼식을 올렸다. 세기의 결혼식이라 할 수 있을 만큼 요란한 결혼식, 그것은 신문 광고, 결혼 조건, 신혼여행지에서 드러난다. 먼저 그들의 신혼여행지가 나혜석의 첫사랑이었던 최승구의 무덤이라는 점에서 세기의 결혼식이라 할 만하다. 이는 염상섭의 소설 「해바라기」의 소재가 될 정도로 장안의 화제가 되었다. 나혜석은 결혼과 함께 안정적인 삶 속에서 7월에 창간된 《폐허》의 동인으로 김억, 남궁벽, 염상섭, 오상순, 황석우, 김일엽 등과 함께 했다.

나혜석은 임신 9개월의 몸으로 서울 최초의 유화 개인전을 열었다. 그녀의 왕성한 작품활동은 남편 김우영을 따라 만주로 이주하여서도 여전하였다. 만주로 이주한 그녀는 1922년부터 매년 【조선미전】에 작품을 출품하였다. 또한 문필가로서의 활동도 지속하였는데, 「모(母)된 감상기」(1923)를 『동명』에 발표하여 세간에 시시비비가 되기도 하였다. 이는 그녀의 임

신에서부터 출산, 육아에 이르기까지의 솔직한 고백이 당대
로서는 파격적이었기 때문이다.

나혜석 부부는 당시로써는 흔치않은 세계일주여행을 떠나
게 되었다. 1927년, 그 세계여행은 나혜석 개인의 희비가 엇
갈리는 사건이 되었다. 왜냐하면 10월, 화가 이종우 집에서
파리 유학생들의 모임을 갔었는데, 여기서 최린을 만났기 때
문이다. 나혜석은 남편이 독일에 가 있는 사이에 최린과 함
께 파리 관광뿐만 아니라 육체적 관계를 갖게 되어, 파리에
서는 나혜석이 최린의 작은댁이라는 소문이 나돌기까지 하
였다. 나혜석 부부의 세계 일주여행은 당시 1920년대 조선사
회에서 획기적인 세계여행의 하나로 기록될 만했다. 그러나

나혜석의 만주시절 가족사진

수덕사

이들 부부의 여행은 나혜석의 삶에 어두운 그림자를 몰고 왔기 때문에 유쾌하다고만은 할 수 없다.

이후 남편은 나혜석과 최린의 관계를 알게 되어, 1934년에 이혼하게 되었다. 처음에는 별거형식으로 2년간 냉각기를 갖기로 하였으나 김우영이 기생출신으로 알려진 신정숙과 바로 혼인신고를 하여 그들의 관계는 더 이상 회복이 될 수 없었다. 이혼 후 무일푼에, 자녀들도 모두 빼앗긴 나혜석이었지만 정신을 가다듬고 제10회【조선미전】에 작품「정원」등을 출품 하였는데 특선에 입상하였다. 또한 이 작품은【일본제전】에서 입선에 당선되었다.

수덕여관(이응노의 글씨)

나혜석은 「이혼고백서」(1934)를 『삼천리』에 발표하였다. 약혼부터 10년간의 부부생활, 화가생활, 해외여행, 시집살이, 최린과의 관계, 이혼과정, 이혼 후의 생활, 모성애, 금욕생활, 조선사회의 인심 등에 이르기까지 편지형식으로 써내려갔다. 또한 최린을 상대로 위자료 청구 소송을 하였으나 이는 사회적으로 엄청난 파문만 일으키고 득은 되지 않았다.

그녀의 나이 41세(1937)에는 수덕사에 아래 수덕여관에 머물면서 해인사, 다솔사, 마곡사 등 사찰을 순례하며 승복을 입고 다니기도 하였으나 출가는 하지 않았다. 그녀는 여전히 그림을 그렸으며, 그림을 팔아 생계를 유지하였다. 중일전쟁

발발 이후 사회는 전시체제로 바뀌고 지식인들이 친일행동을 본격화하기 시작했을 때, 나혜석은 친일의 나락에서 벗어나 수덕여관에서 지내고 있었다.

나혜석은 자녀들이 보고 싶어 학교로 찾아갔으나, 아이들은 도망치고, 김우영은 경찰을 동원하여 그녀를 쫓아냈다. 그럼에도 불구하고 자녀들을 지속적으로 만나려 했지만 계속 실패했다. 오빠 나경석에게도 「이혼고백서」 발표 사건으로 버림을 받았으나, 올케의 도움으로 서울 인왕산 청운양로원에 48세인 그녀가 60세 노인으로 속이고 들어가게 되었다.

나혜석과 3남 1녀

그러나 나혜석은 양로원 생활을 오래 하지 않고 떠돌아다니다 1948년 12월 10일 서울 원효로의 시립자제원에서 행려병자로 사망하였다. 헌옷을 입고 있었으며 소지품은 없었다. 당시 그녀를 화가 나혜석으로 알아본 사람은 아무도 없었다. 호적은 오빠 경석에게 입적되었다가 현재는 호주 상속자 경석의 아들 나상균의 호적에 고모라는 이름으로 등재되어 있다. 놀라운 것은 아직도 사망신고가 되어 있지 않았다는 것이다. 또 하나 놀라운 점은 나혜석이 세상을 떠나던 무렵, 그녀와 관계가 깊었던 남성들, 이광수, 최린, 김우영은 반민특위의 법정에 서게 되었다는 것이다. 이들은 친일파로서 민족의 이름 아래 단죄를 받았던 것이다. 이 중 이광수와 최린은 6·25전쟁시 납북되고, 김우영은 1949년 1월 부산에서 반민법으로 체포되어 서울 서대문감옥에 수감되었다. 김우영은 감옥에서 병을 얻어 고향으로 돌아간 뒤 변호사로 활동하다 1954년에 자서전 『회고』를 출판하였으나 나혜석이란 이름은 단 한 번도 거론하지 않았다. 또한 한국은행 총재로 지낸 아들 건은 기자가 나혜석에 대해 질문하자, 나는 그런 어머니를 둔 적이 없다고까지 말하였다.

아들에게, 남편에게 잊힌 여자, 나혜석은 오늘날 다시금 회자되고 있다. 이것이 바로 나혜석의 삶이다.

03 문학도 나혜석과 그녀의 문학세계

나혜석의 작품은 이상경의 『나혜석 전집』(태학사, 2000)으로 잘 정리되었다. 그러나 한 가지 누락된 작품이 있어서 보충하고자 한다. 나혜석은 1917년에 「부부」를 《여자계》에 발표한 바 있다. 아마도 이상경은 《여자계》 창간호에 실린 「부부」를 찾아볼 길이 없어 그녀의 작품목록에서 제외하고 논의를 진행하였던 것 같다.5) 비록 《여자계》 창간호를 발굴하지 못해서 작품을 확인할 길이 없지만, 박화성의 증언을 통해 작품 존재여부는 확인할 수 있다.

> "나혜석씨는 화가로만 유명한 줄 알았는데 「부부」라는 짤막한 소설에서 억울하게 학대받는 한 여성이 봉건적 유습에 비참하게 희생이 된 생활상이 재치 있게 잘 그려져 있는 것을 보고 그때 18세이던 나는 감탄하고 있었다."6)

박화성은 나이 18세에 「부부」를 읽었다고 하였다. 그는 작품의 내용을 간추려 설명하기를 봉건적 유습에 비참하게 학대받는 한 여성의 생활상이 재치 있게 잘 그려져 있다고

---

5) "《여자계》 제2호에 소설 「경희」를, 제3호에 「회생한 손녀에게」를 발표함으로써 나혜석은 한국 근대여성문학의 첫머리를 장식했다."(이상경, 앞의 책, p.42.)
6) 박화성의 진술.

하였다. 따라서 그녀는 화가로서 등단하기 이전, 문단에 등단하였던 것이다. 「부부」는 나혜석 개인적으로는 첫 소설 작품이라는 데 의의가 있겠지만, 문학사적으로는 최초의 여성작가의 작품이며, 여성의 사회상을 고발한 의미 있는 작품이다.

나혜석은 「부부」를 시발로 소설, 시, 희곡, 수필 등 다양한 장르로 작품 활동을 하였다. 여기에서는 그녀의 시작품을 중심으로 문학도 나혜석을 살펴보고자 한다.

나혜석의 시로는 「냇물」, 「사(砂)」, 「인형의 가(家)」, 「아껴 무엇하리 청춘을」 등이 있다. 1921년에 세 편의 시를, 1935년에 한 편의 시를 발표한 것이다. 다시 말해서 앞 세 편은 김우영과의 결혼생활로 비교적 안정된 생활 속에서 낳은 시이고, 뒤 한편은 이혼 후 불행한 상황 속에서 발표한 시인 것이다. 그래서 본 장은 두 시기로 나누어 살펴보고자 한다.

먼저 1921년 『廢墟』 2호에 발표된 「냇물」, 「사(砂)」와 『每日申報』에 발표된 「인형의 가(家)」는 자연사와 인간사로 나누어 살펴볼 수 있다. 자연사는 「냇물」, 「사(砂)」에서 인간사는 「인형의 가(家)」에서 찾아볼 수 있다. 그러면서도 동시에 이 세 작품의 공통점을 찾아낼 수 있다. 각 작품을 통해 구체적으로 살펴보면 다음과 같다.

①
쫄쫄 흐르는 저 냇물
흐린 날은 푸르죽죽
맑은 날은 반짝반짝
캄캄한 밤 흑색같이
달밤엔 백색같이
비 오면 방울방울
눈 오면 녹여주고
바람 불면 무늬 지어
아침부터 저녁까지
밤부터 새벽까지
춥든지 더웁든지
싫든지 좋든지
언제든지 쉬임없이
외롭게 흐르는 냇물
냇물! 냇물!
저렇게 흘러서
호(湖) 되고 강 되고 해(海) 되면
흐리던 물 맑아지고
맑던 물 퍼래지고
퍼렇던 물 짜지고

(華虹門樓上에서)
「냇물」, 『廢墟』2호(1921. 4)

②
야원(野原) 가운데 깔려 있어 값없는
모래가 되고 보면 줍는 사람도 없이
바람 불면 먼지 되고
비 오면 진흙 되고
인마(人馬)에게 밟히면서도
싫다고도 못하고 이 세상에 있어
이따금 저 천변에
포공영(蒲公英: 민들레), 야국화(野菊花), 메꽃, 꽃다지꽃

피었다가 스러지면 흔적도 없이
뉘라서 찾아오랴
뉘라서 밟아주랴
모래가 되면 값도 없이

「사(砂)」, 『廢墟』2호(1921. 4)

① 「냇물」은 냇물을 소재로 한 시이다. 냇물은 끊임없이
흐른다. 날씨와 무관하게, 시간과 무관하게, 계절과 무관하게,
자신의 감정상태와 무관하게 흐른다. 다만 흐른다는 것이다.
적어도 나혜석의 시선에는 냇물이 외롭게, 언제나 쉼 없이
흐르고 있었던 것이다. 자신의 의사대로가 아니라 자연의 법
칙처럼 호수가 되고, 강이 되고, 바다가 되어 흘러가야 한다
는 것이다.

② 「사」는 모래를 소재로 한 시이다. 모래는 바람 불면 먼
지 되고, 비가 오면 진흙이 된다. 또한 사람이 밟으면 싫다고
도 못하고 밟힌다. 결국 모래는 값어치 없는 먼지, 진흙과 같
은 존재가 되고 사람에게 밟히는 존재가 된다. 모래는 자의
가 없는 것은 물론이거니와 관심의 대상조차도 되지 못한다
는 것이다.

① 「냇물」, ② 「사」의 공통점은 그동안 당연히 자연의 순
리로 여겨졌던 냇물의 흐름과 모래의 흔적을 재고하는 데 있
다. 화자는 냇물은 왜 자신의 의사와 관계없이 끊임없이 흘
러야 하는가, 모래는 왜 자신의 의사와 무관하게 먼지, 진흙

등의 값어치 없는 것으로 여겨지고, 더 나아가 관심의 대상
이 되지 못하는가에 대한 의문을 제기한다. 이같이 우리가
순리로 여겼던 자연사를 의문으로 돌린 후, 나혜석은 이처럼
인간사에 대해 고민할 것을 주문한다.

③
1
내가 인형을 가지고 놀 때
기뻐하듯
아버지의 딸인 인형으로
남편의 아내 인형으로
그들을 기쁘게 하는
위안물 되도다

(후렴)
노라를 놓아라
최후로 순순하게
엄밀히 막아논
장벽에서
견고히 닫혔던
문을 열고
노라를 놓아주게
2
남편과 자식들에게 대한
의무같이
내게는 신성한 의무 있네
나를 사람으로 만드는
사랑의 길로 밟아서
사람이 되고저

3
나는 안다 억제할 수 없는
내 마음에서
온통을 다 헐어 맛보이는
진정 사람을 제하고는
내 몸이 값없는 것을
내 이제 깨도다
4
아아 사랑하는 소녀들아
나를 보아
정성으로 몸을 바쳐다오
맑은 암흑 횡행(橫行)할지나
다른 날, 폭풍우 뒤에
사람은 너와 나

「인형의 가(家)」, 『每日申報』(1921.4.3)

③「인형의 가」는 시적화자의 문제를 들춰내 일반화하는
기법을 사용하였다. 시인은 1연에서 한 여자인 '나'는 아버지
의 딸이라는 '인형', 남편의 아내라는 '인형'으로 지내왔던 사
실을 고발하고 있다. 그러나 당당히 2연에서 밝히고 있다. 나
에겐 남편과 자식들에 대해 의무가 있는 것처럼 나를 사람으
로 만드는 의무가 있다는 것이다. 그동안 인형처럼 그들을
기쁘게 하는 것이 나의 의무인양 인식되었지만, 그처럼 중요
한 의무가 또 있다는 것을 당당히 밝히고 있다. 3연에서는 더
욱 강하게 억제할 수 없는 마음이 있다는 것을 역설하고 있
다. 진정 사람이 아닌, 인형이라면 값없다는 것이다. 4연에서
는 소녀들에게 자신과 같은 각성으로 뛰어들 것을 종용하고

있다. 그러면서도 나혜석은 알고 있다. 여성이 사람으로 태어나는 것, 사람으로 인식하고 살아가는 것이 얼마나 힘든 일인지를 알고 있다. 그래서 4연에서 폭풍우 뒤에 비로소 사람으로서 너와 내가 존재할 것을 언급한 것이다.

① 「냇물」, ② 「사」는 자연의 순리로만 인식하던 것들에 대한 재고를 시화하였으며, ③ 「인형의 가」는 당시대 여성의 위치가 너무도 자연스럽게, 마치 자연의 순리처럼 아버지의 인형으로, 남편의 인형으로, 자식들에 대한 의무 위에서만 형성되는 것을 비판하고, 사람이 되어야 함을 시화하였다. 나혜석이 이 세 작품이 발표하였던 1921년 당시에는 김우영의 아내로서 누리는 삶을 살았다. 경제적으로 풍족하였으며, 사회적으로 명예롭게 살아가고 있었다. 더더구나 자신이 그토록 원하던 화가로서의 삶도 보장받던 시기였다. 그러한 시기에 이러한 작품을 발표한 것이 참으로 의미심장하다. 학대받은 여자의 위치에서 위 시를 썼다면 삶이 그녀를 그렇게 몰아갔다고 하겠지만, 넉넉한 가정에서 귀부인으로 대접을 받은 와중에 인형이 아닌 사람이 되고자 했다는 것은 그녀의 가치관의 반영으로 보인다. 신교육을 받은 그녀답게 조선사회의 여성들의 모습을 보며 비판의 목소리를 높였던 것이다.

비록 시적 완성도나 시적 표현기법은 아직 부족한 편이지만, 이는 당대 자유시의 정착상의 문제와 연결 지어 생각해야 할 문제이기에 시적 완성도에 대한 평은 유보하고자 한다.

다음은 이혼 후, 나혜석에게 궁핍과 사회적 비난이 쇄도할 때의 작품을 살펴보자.

살이 포근포근하고
빛은 윤택하고
머리가 까맣고
눈이 말뚱말뚱하고
귀가 빠르고
언어가 명랑하고
태도가 날씬하고
행동이 겸사하고
참새와도 같고
제비와도 같고
앵무와도 같고
공작과도 같다

나이 먹으면
주름살이 잡히고
빛깔이 검어지고
머리가 희어지고
귀가 어둡고
눈이 흐려지고
말이 어둔해지고
몸이 늘씬해지고
행동이 느려져
기린과도 같고
물소와도 같다
이리하여
살 날이 많던
청춘은 가고
죽을 날이 가까운

노경에 이른다
이 어찌
청춘 감을
아끼지 않으랴
그러나 나는
장차 올 청춘이었던들
아꼈을는지 모르나
이미 간 청춘을
아끼지 않나니
청춘은
들떴었고
얕았었고
얇았었고
짧았던 것이오
나이 먹고 보니
침착해지고
깊고
두텁고
길다
청춘을
헛되이 보내었던들
아끼지 않을 바 아니나
빈틈없이 이용한 청춘을
아낄 무엇이 있으며
지난 청춘을
아껴 무엇하리오
장차 올 노경이나
잘 맞으려 하노라

「아껴 무엇하리 청춘을」, 『三千里』(1935. 3)

위 작품 「아껴 무엇하리 청춘을」은 비장미마저 흐른다.
1934년에 「이혼고백서」를 연재한 뒤 나혜석은 또 한 번 사회의 이슈가 되었다. 그의 결혼여행지가 옛 애인의 무덤이었던 사실로 이슈가 되었던 것 이상으로 나혜석은 세간의 구설수가 되었다. 가장 믿어주었던 오빠 나경석마저도 자신을 찾아오지 말라고 냉담하게 내쳐버렸으니, 그 사건은 만만한 것이 아니었다. 이처럼 혼란에 혼란을 겪은 뒤 자신의 청춘을 돌아본 작품이다. 이 작품은 그녀의 심정고백과 같은 시이다.

젊었을 때에는 모든 것이 아름답고 좋다. 그러나 청춘이 가고 나니 주름살, 검은 피부, 흰 머리, 어두워진 귀, 눈이 흐려지고, 말이 둔해지니 결국 기린, 물소와 같다고 고백하고 있다. 여인에게 물소와 같다는 것은 참으로 비참한 일일 수도 있다. 동서고금을 막론하고 아름다움의 상징은 여성이 아닌가. 그런데 나이 먹어 살날보다 죽을 날이 가까운 외모 속에서 아름다움을 느끼기가 쉽지 않을 것이다.

그러나 시적 화자는 말한다. "청춘을/헛되이 보내었던들/아끼지 않을 바 아니나/빈틈없이 이용한 청춘을/아낄 무엇이 있으며/지난 청춘을/아껴 무엇하리오" 청춘을 헛되이 보내지 않았기 때문에 청춘을 아낄 것이 무엇인가. 다시 말해서 후회할 것이 없다는 것이다. 그녀의 삶은 파란만장하였다. 생애에서 살펴보았듯이 신교육을 받고, 연애도 원하는 대로 하고, 문필가로서, 화가로서 명성을 날리기도 하였다. 귀부인으로서도 살았는가 하면 궁핍에 찌든 삶을 영유하기도 했으며, 삼 남매의 어머니이자 기억되지 않는 여자이기도 했다. 이처럼 파란만장한 삶을 산 여자가 또 있을까. 그리고 이러한 삶을 부러워할 자가 몇이나 될까. 그러나 시적화자는 말한다. 헛되이 보내지 않았으며 빈틈없이 이용한 청춘이었다고 말이다.

화가 나혜석과 그녀의 미술세계

나혜석은 1913년 17세의 나이로 동경 유학길에 오른다. 이는 동경에서 유학 중이던 오빠 나경석의 후원 덕분이었다. 나혜석은 우리나라 최초로 동경여자미술전문학교 서양학과에 입학한다. 이는 우리나라 여성 최초이자 조선인으로서는 네 번째에 해당된다. 그 첫째는 고희동(1910년), 김관호(1911년), 김찬영(1912년)에 이은 네 번째 주자이다. 고희동, 김관호, 김찬영은 모두 도쿄미술학교 서양학과를 다녔다. 그러나 그녀는 여성 최초일 뿐만 아니라 화가 인생을 지속한 최초의 화가이다.

춘곡(春谷) 고희동은 제1호 서양화가라는 말을 훈장처럼 달고 다녔지만 기대만큼의 수상성적을 내지 못한 채, 1920년대 중반에 유화의 붓을 꺾고 자신이 비판했던 수묵화로 돌아서고 말았다.

동우(東愚) 김관호는 평양 부호의 아들로서 1908년에 도일하여 메이지 학원을 입학했다가 1911년 도쿄미술학교에 입학하여 유화를 전공했다. 그는 졸업 작품으로 「해질녘」을 출품하였다. 이 작품은 일본 국가전시였던 【문전(文展)】에서 특선에 입상하였다. 그래서 당시 이광수는 "조선화가의 처음 얻는 영예"라고 극찬을 하였다. 이 작품은 우리나라 최초의 본격적인 누드화라고 할 수 있다. 그러나 이처럼 졸업 작품으로 유명세를 탄 김관호도 결국 절필하고 만다. 이유는 누드화,

김관호의 『해질녘』

나체화가 익숙하지 않았던 국내 정서에 좌절하고 만 것이다. 김관호는 절필 후 수전증으로 붓을 쥘 수도 없었으며 점차 폐인이 되어 버렸다.

유방(維邦) 김찬영은 김관호와 마찬가지로 평양 출신으로 대지주의 아들이었다. 김찬영은 도쿄미술학교는 졸업했지만 화가활동을 제대로 하지 못하고 오히려 1920년대 문학적인 글을 다수 발표하였으며, 절필 후에는 영화관을 운영하거나 골동품을 수집하거나 사냥으로 인생을 마무리하였다. 다시 말해서 1910년대 남성화가 고희동, 김관호, 김찬영은 부유한 집안의 자제로서 부르주아 미학을 기본으로 작품 활동을 하다가 꺾이고 만 것이다. 민족의식이나 현실인식에 대한 고민의 부족과 더불어 작가의식마저 부족했던 것이다.[7]

이처럼 절필한 선배들과 대조적으로 나혜석은 그 삶을 통틀어 화가로서의 삶을 지향하고 마지막 가는 순간까지 화가로서의 본분을 잊지 않았다. 그런 측면에서 나혜석은 최초의 여성 화가이자 고난과 역경을 이겨내 일생을 화가로 살아간 최초의 화가라 할 수 있다.

지금부터 그녀의 화가 일생을 따라가 보자. 화가 나혜석의 면모는 윤범모의 연구가 돋보인다. 그래서 본 글에서는 윤범모의 『화가 나혜석』을 주로 참고하였음을 밝힌다. 또한 타여러 자료를 수집하여 보완하였다.

---

7) 윤범모, 앞의 책, pp.116~121.

나혜석은 수원 삼일여학교, 진명여자 고등보통학교를 졸업한 뒤 일본으로 떠났다. 그녀의 나이 17세, 어린 나이에 외국 유학여행을 떠났다. 1913년 4월 15일 도쿄의 여자미술전문학교 서양화 선과 보통과에 입학했다. 입학 당시의 후견인은 오빠 나경석이었다.

윤범모는 나혜석의 유학 당시의 성적을 꼼꼼히 서술하였는데, 그중 실기 점수만 확인하면 다음과 같다. 1913년 1학년 실기과목은 평균 79점이었는데, 미술에 대한 기초조차 준비하지 못하고 입학한 실정을 염두에 두었을 때, 이는 무난한 결과로 파악할 수 있다고 한다. 1914년 실기과목 평균점수는 84점이었다. 이 해에는 첫사랑 최승구와의 연애가 절정에 다다라 학업에 전념하지 못했지만 실기점수가 향상된 것으로 보아 그의 그림에 대한 열정은 지속되었던 것으로 보인다. 1915년에는 부친이 결혼을 강요하면서 학자금을 제공하지 않아서 잠시 휴학을 하였지만, 1916년에 다시 복학을 하였다. 그러나 같은해 봄에 최승구의 병사로 나혜석은 심한 심적 혼란을 겪었다. 그럼에도 불구하고 1916년 그해 실기점수는 평균 85점으로 향상되었다. 최초의 사랑, 그녀의 인생을 흔들어 놓은 사랑의 사망과 고통 속에서도 나혜석의 그림에 대한 열정이 돋보이는 흔적이다. 1917년 실기점수는 90점을 받았다. 이처럼 나혜석은 낯선 곳에서 낯선 유화공부지만 실력은 차근차근 향상되었다.

나혜석의 최초의 작품은 윤범모에 의해 발굴 소개되었다. 나혜석이 1919년 《매일신보》에 연재했던 만평(漫評) 형식의 연말연시 세시풍속 소묘다. 이 자료를 윤범모는 1999년 4월 나혜석기념사업회 주최 국제심포지엄에서 소개하였다. 1919년 1월 당시의 유일했던 일간지인 《매일신보》에 나혜석의 그림이 실렸던 것이다. 이것으로 나혜석은 화가로서 등단한 셈이다. 나혜석은 연말연시 세시풍속을 연재하였는데, 1919년 1월 21일자부터 2월 7일자까지 모두 9회에 걸쳐 연재하였다.[8]

소묘의 내용은 당시 세시풍속인데, 사각형 상자 안의 소묘 좌우에는 세 줄 내지 여덟 줄가량의 해설이 첨부되어 있다. 그런데 6회부터 10회까지는 "나혜석 여자 필"이라고 필자명까지 분명하게 밝혀 놓았으며, 그림 왼쪽 하단에는 작가 특유의 서명인 "HR"이 표기되었다.

그중 한 작품만 살펴보자.

> 평생 아침은 열한 시 아니면 열두 시에나 먹던 이(李) 주사(主事) 집은, 오늘 아침에는 처음으로 아침상을 일찍이 받았다. "바쁜 섣달이라니 해는 짧고 어서어서 일찍 밥들 먹고 일들 해야지. 일이 태산같이 밀렸다. 어서 어서." 어머니 재촉하시는 서슬에 입에 밥술이 들락날락, 아이구 뜨거워, 짜라, 매워라, 허둥지둥 쳐다보니 벌써 여덟시. "아차, 늦었다. 오늘은 연말회계로 눈코 뜰 새 없이 바쁠 터인데"하며 나리는 물 말은 밥을 다 못 먹고 허둥지둥 허둥지둥 …… '라(작가서명)'

《매일신보》, 1919. 1. 21.

---

8) 윤범모, 앞의 책, p.132

그림의 구조는 두 상이 상하로 잡혀 있다. 위쪽이자 뒤쪽에 남자 홀로 독상을 대하고 있고, 아래쪽이자 앞쪽에 다섯 명의 여인들이 함께 식사를 하고 있다. 독상을 차지하고 있는 이가 이 주사일 터인데, 집안의 가장이 벽시계 옆에서 시간에 급급하여 식사를 허둥지둥한다. 반면 다섯 여인은 웃음이 넘치며, 화로에 찌개를 올려놓고 차분히 식사를 하는 모습이 보인다.

여기에는 나혜석의 세계관을 엿볼 수 있다. 몇 가지 단서를 통해 나혜석의 세계관을 따라가 보자. 첫째, 그동안 집안의 중심에 서 있는 남성, 가장이 화폭 뒤에 설정되어 있고 여성들이 전면에 위치해 있다. 둘째, 남성은 시계에 쫓겨 허둥지둥하나 여성들은 찌개를 끓여가며 먹을 수 있는 여유를 가지고 있다. 셋째, 남성의 식사는 결국 어머니의 수고가 아니면 이루어질 수 없으며, 그 일정도 여성인 어머니에 의해 결정된다는 것이다. 어머니가 "어서어서 일찍 밥들 먹고 일들 해야지.", "어머니의 재촉하시는 서슬에 입에 밥술이 들락날락(중략)". 어머니가 챙겨주시는 밥, 어머니가 제한하는 시간에 움직여야 하는 것이다. 이 세 가지의 근거들을 종합하면 그동안의 가부장적인 유교체제를 벗어버리려는 나혜석의 숨은 뜻을 찾아낼 수 있다. 나혜석은 남성 중심 사회가 아니라 사회 역할, 여성의 위치를 제자리에 올려놓고 싶었던 것이다.

윤범모는 나혜석의 위 그림을 고희동의 그림과 비교하였

다. 고희동이 나혜석 이전에 《매일신보》에 〈구정 스케치〉를 발표하였다. 이 그림은 특정 계층이나 독자적 시각의 소재 선택이라기보다는 평범한 내용이며, 널뛰기, 연날리기, 돈치기, 떡 치기, 윷놀이 등을 목탄과 같은 효과의 뭉개지는 선으로 무표정하게 묘사하였다. 그러나 나혜석은 얇은 필선을 중심으로 하여 작은 공간을 압축적으로 묘사하였으며 부분적으로는 면 처리로 회화성을 가미시켜 강약을 두어 대상을 분명하게 집중시켜 주제의식을 확실히 제고하였다.[9] 이처럼 나혜석은 첫 등단 작품부터 사회의식을 드러내고 있다. 이는 그가 화가로 등단하기 전 문필가로 등단한 소설 작품「경희」에서도 여실히 드러나 있다.

그러나 나혜석의 화가 생활에는 여전히 의문이 남아 있다. 그것은 다름 아닌 작품의 진위 여부이다. 유존작품의 신뢰성이 떨어져 여전히 검증과정을 거치고 있다. 그럼에도 불구하고 확실한 작품들이 있으니, 그것은【조선미전】에 출품한 작품들이다. 그래서 나혜석의 화가로서의 면모는【조선미전】의 작품을 중심으로 살펴보기로 하겠다.

나혜석은【조선미전】제1회(1922년)부터 7회, 8회를 제외한 제11회(1932년)까지 꾸준히 참가하여 18점의 작품을 발표하였다.【조선미전】의 출품작을 살펴보면 다음과 같다.

---

9) 윤범모, 앞의 책, p.142.

1922년 제1회 - 「봄이 오다」(입선), 「농가」(입선)
1923년 제2회 - 「봉황산」(입선), 「봉황산의 남문」(4등상)
1924년 제3회 - 「가을의 정원」(4등상), 「초하의 오전」(입선)
1925년 제4회 - 「낭랑묘」(3등상)
1926년 제5회 - 「지나정(중국인촌)」(입선), 「천후궁」(특선)
1927년 제6회 - 「봄의 오후」(무감사 입선)
1930년 제9회 - 「아이들」(입선), 「화가촌」(입선)
1931년 제10회 - 「정원」(특선, 제12회 【일본제전】 입선),
「작약」(입선)
1932년 제11회 - 「나부」(입선), 「소녀」(무감사 입선), 「창가에서」
(무감사 입선), 「금강산 만상정」(무감사 입선)

　【조선미전】을 중심으로 나혜석의 화가 일생을 살펴본다
면, 그녀의 본격적인 작가활동은 1920년대 초부터 1930년대
초라고 하겠다. 그녀는 【조선미전】이 창설되면서부터 출품
하여 남편과 세계 일주를 했던 시기만 제외하고 지속적으로
출품한 작가였다. 그러나 제12회 당시의 보도로는 나혜석이
【조선미전】을 준비하고 있었던 것으로 알려졌다고 한다. 그
래서 화단에서는 일반적으로 나혜석이 제12회 【조선미전】에
서는 낙선했을 것으로 추정하고 있다.
　나혜석의 작품 중, 큰 상을 받았거나 의미 있는 작품을 중
심으로 고찰해 보자. 1925년 제4회 출품작 「낭랑묘」는 3등
상을 받은 작품이다. 이 작품은 만주의 고건축 사당을 묘사
한 작품이다. 남편이 중국 만주에 거주하였기에 그녀는 만주
의 삶에 익숙하다. 그곳에 작품을 출품한 것이 바로 「낭랑묘」

이다. 이 작품의 평가를 윤범모가 잘 정리하였는데, 그는 언론의 평과 김복진의 평을 들어 그 가치를 설명하고 있다.

나혜석이 이 작품을 출품하기에 앞서 당시 언론에서는 그녀의 근황을 소개하였는데, "모든 것에 여자가 뒤떨어진 이 세상에서, 더욱이 심한 이 조선에서, 돌연히 그 묘완을 떨쳐 담 적은 양화가들의 가슴을 흔들어 놓은 나혜석 여사"가 현재는 부군을 따라 만주 안동현에서 외교관 부인으로, 두 아기의 어머니로서, 또 주부로서 도저히 한가롭게 캔버스 앞에 앉아 있을 여유가 없다는 것이다. 그럼에도 불구하고 그녀는 3등 상을 받은 것이다. 또한 당시 언론은 "여사는 안동현 부영사 김우영 씨 부인으로, 분방한 교제장리의 틈을 타서 때때로 조는 듯한 중국사람의 거리를 찾으며 어두침침하고도 신비로운 중국사람의 고전적인 풍속을 깊이 맡으려, 현재 중국사람이 가장 많이 모야 명절제를 지내는 「낭랑묘」를 그린 것이다. 그림 전폭에 중국인의 특별한 감정과 만주지방의 지방색이 흐르는 듯하다"라고 하였다. 또한 김복진을 다음과 같이 평하였다.

"양으로든지 질로 보든지 조선 사람 사람네의 출품한 중에서는 수일(秀逸)이라고 할 수밖에 없다. 지붕 같은 데는 참말로 고운 것 같다. 색채의 대비 같은 데에는 동감할 만하나 어쩐 일인지 감흥이 희박하여 보인다. 천공(天空)의 빛 같은 것은 너무 침탁(沈濁)해 보이고, 지면(地面)은 퍽 기력이 없는 것 같다. 집과 집 사이에 있는 나무가 웃음거리가 되어 버린 것도 기관(奇觀)이라 하겠다. 대체로 작자는 미의식보다는 야심이 앞을 서게 되는 모양이다. 그런 까닭에 완성 통일 이런 데로만 걸음을 빨리한 것이다. 좀 더 삽려미(澁麗味) 같은 것을 생각하여 주었으면 한다."

김복진은 나혜석의 작품의 우수성, 색채대비의 효과에 대해 긍정적인 평가를 하면서, 부족한 부분을 조언하고 있다.

다음은 나혜석이 이혼한 후 출품한 작품 「정원」을 살펴보자. 이 작품은 1931년 제10회에 출품하여 특선으로 당선되었는데, 【일본제전】에 입선하는 영예까지 함께 걸머쥐었다.

작품 『정원』은 참으로 의미심장한 작품이다. 무엇보다도 이혼의 아픔을 이겨내고 출품한 작품이라는 데 있다. 더 나아가 단순히 개인의 사정을 이겨낸 작품 이상의 성적을 거두었다. 【조선미전】에서는 특선을, 【일본제전】에서는 입선을 수상했기 때문이다. 나혜석이 【조선미전】에서 특선을 거둔

『정원』

경우는 2회로 첫 번째는 남편 김우영과 만주에서 생활하고 있었을 당시 출품했던 「천후궁」이고, 두 번째는 바로 위 작품 「정원」이다. 이는 나혜석의 평정심을 확인하게 해 준다. 결혼 생활로 일상이 안정되었던 시기에 거두었던 특선을 이혼 후에도 거두었다. 이는 이혼 후 많은 심적 혼란을 겪었지만 그의 예술정신, 작가정신은 여전했다는 것을 보여준다. 오히려 나혜석의 유일한 【일본제전】 입선작이 되었으니 그 의의는 사뭇 깊다. 나혜석은 「정원」의 특선 소감으로 다음과 같이 말하였다. "앞의 돌문은 정원 들어가는 문이요, 사이에 보이는 집들은 시가입니다. 이것을 출품할 때에 특선할 자신은 다소 있었으나 급기 당선되고 보니 퍽 기쁩니다." 진정 그녀는 기뻤을 것이다. 이혼 후 힘들었던 심적, 사회적 이미지를 벗어버릴 수 있는 계기가 될 수 있었기 때문이다.

그러나 좋은 평만 있었던 것은 아니다. 김종태는 나혜석의 작품에 대해 혹평을 서슴지 않았는데, 그 일부를 제시하면 다음과 같다.

특선작 「정원」. 수년 전 전씨의 걸작 젊고도 아름답던 「낭랑묘」에 애착을 가진 작품이다. 그러나 그때의 색시는 이제 시들고 병들어 옛날의 모습을 찾아볼 수 없게 되었다. 만일에 이 영양부족증이나 나아 건강이 회복된다면 아직도 그는 아름다울 것이니 잘 조섭하여 옛날의 꽃다운 자태에 여념이 없도록 하여야 한다. 불행히 「낭랑묘」에 분장미(扮裝美)가 없다면, 이는 음사(陰祀)의 음산한 불쾌를 느끼는 것이다. 나는 음사의 내용을 생각지 않는다. 다만 「낭랑묘」의 형식을 아름답게 보려는 것이다. 「정원」은 고담(枯淡)한 묵색(墨色)이 주조로, 다른 부분의 빛이 반주(伴奏)하여 고요히 폐허를 노래한다. 구차히 씨의 부활을 위한 대우라면 이의가 없다만, 좌우에 걸린 「작약」과 「나부」는 도리어 씨의 영예의 치명상이다. 이러한 것은 출품한 작자의 사상이 의문이요, 출품을 하였더라도 그것을 진열하여 놓은 자의 심사(心思)를 모를 일이다. 우대를 한 것이냐? 모욕을 한 것이냐? 작자를 대우하기 위하여 부실한 작품에 특선 딱지를 붙여서는 안 될 것은 이미 서언(序言)한 바와 같다. 그러나 이 전람회에서 사실 이러한 정책이 있는 것만은 부인할 수 없는 일이다.[10]

작품의 혹평뿐만 아니라 특선 입상의 경위가 【조선미전】에서 작자를 대우하기 위하여 부실한 작품에 특선 딱지를 붙였다고 명백히 밝히고 있다. 이와 같은 모욕 속에서 나혜석은 작품활동을 지속해야만 했다.

나혜석은 개인적인 사정, 사회적인 통념과 다투면서 화가의 길을 걸어갔다. 때로는 김우영이라는 세력가의 부인으로서 경제적인 안정과 계급적 안정이라는 좋은 기회를 얻기도 하였지만 이혼 후 그녀가 김우영에게 얻은 좋은 기회만큼이나 큰 어려움이 다가왔다. 경제적 어려움뿐만 아니라 사회적 냉대가 그것이다. 그럼에도 불구하고 나혜석은 지속적으로 붓을 놓지 않았을 뿐만 아니라 심기일전하여 작업에 몰두했다. 이는 앞서 언급했듯이 고희동, 김관호, 김찬영과는 참으로 비교되는 대목이다. 고희동은 수상성적이 좋지 못해서 유화

10) 김종태, 〈제10회 미전평〉, 《매일신보》, 1931.5.27.(윤범모, 앞의 책, pp.181~182 재인용

에서 수묵화로 돌아가 버렸으며, 김관호는 자신의 누드화나 나체화를 인정받지 못하자 폐인이 되어버렸다. 김찬영은 실력이 없어서 영화관 운영이나 골동품 수집을 하는 등 외도를 하였다. 따라서 나혜석은 최초의 여성 화가를 넘어서서 1920년대에 멋진 화가, 대표 화가로 인정해야 할 것이다.

독립운동가 나혜석과 그녀의 활동

나혜석의 아버지는 일제 강점기에 군수를 지냈지만, 나혜석의 오빠들은 민족을 생각하는 마음이 지대한 자들이었다. 사촌오빠 나중석은 수원 유지들의 힘을 모아 삼일여학교를 설립하는 데 일조를 하였으며, 3 · 1운동에서도 두드러진 역할을 하였다. 또한 나혜석에게 가장 영향을 많이 미쳤던 나경석은 1915년 일본 오사카에서 조직된 재판조선인친목회의 총간사로 조선인 노동자 권익운동에 앞장서기도 하였다. 일본 경찰이 블랙리스트에 나경석의 이름을 올려놓을 정도로 그는 반일에 앞장서고 있었다. 이러한 나경석의 영향을 가장 많이 받고 성장한 나혜석 또한 진보적 세계관을 갖고 있었다.

3 · 1운동에 앞서 일어난 1919년 2월 일본 유학 남학생들 중심으로 독립운동이 본격화되자 조선여자유학생친목회도

2·8 독립선언문
1919년 2월 8일 동경에서
재일 유학생이 발표한 2·8 독립선언문

항일여성단체 대한애국부인회 임원모습
(중앙 원: 회장 마리아)

이회학당사건

기금을 기탁하는 일을 하였다. 이때 나혜석이 자금을 조달하기 위해 개성과 평양을 돌아다녔다. 또한 나혜석은 이화학당 식당에서 아침 식사 시간에 만세 시위가 펼쳐졌을 때, 일경에 체포되어 3월 18일 경성지방검사국에서 심문을 받았다. 그 결과 나혜석은 8월까지 서대문 감옥에 투옥되었다가 증거 불충분으로 면소된 적이 있다. 이처럼 3·1운동 즈음 5개월간의 감옥 생활을 경험한 나혜석은 이후로도 직접적으로는 나서지 못했지만 간접적으로 독립운동가들을 도왔다.

김우영과 결혼한 후, 나혜석은 남편의 근무지인 만주에서 생활하였다. 이 당시 남편의 외교관이란 신분을 이용해 국내의 독립운동을 도와주었다. 1923년 3월에 의열단 사건이 발생하였을 때, 나혜석은 의열단 동지인 박기홍의 단총을 몰래 숨겨주었으며, 그가 형기를 마치고 나오자 다시 돌려주기도 하였다. 또한 의열단 사건으로 감옥에 들어간 동지들을 찾아

가 신경을 써주었다. 나혜석 부부는 압록강을 도강하는 독립
지사들의 편의를 제공하기도 하였다.

의열단사건

 여성운동가 나혜석과 그녀의 정신

　나혜석의 여성운동은 축첩제도비란에서 비롯된다. 나혜석
의 아버지도 당시 기득권층이었기에 상당한 축첩을 하였으
며, 오빠들도 평탄한 결혼생활을 하지 못했다. 그렇기 때문에

나혜석은 여성의 자유, 여권은 바로 결혼제도에서 시작된다고 생각한 것이다. 그래서 나혜석의 여성운동, 여권운동은 결혼제도와 긴밀한 관계를 유지하였다.

세계 어느 나라에서 이혼 고백장을 잡지에 연재한 사람이 있을까? 적어도 우리나라에서는 그녀가 최초이자 유일할 것이라 생각한다. 그녀의 이혼 고백장은 사회적으로 많은 물의를 일으켰을 뿐만 아니라 그녀를 후원하던 친오빠마저도 그녀에게 등을 돌리게 한 커다란 사건이었다. 그처럼 당대에 상상조차 하기 힘든 일을 나혜석이 계획하고 실행에 옮겼다.

무엇이 그녀로 하여금 친정식구마저도 등을 돌리게 했던 것일까. 나혜석의 이혼 고백장은 그녀의 여러 글 중에서 가장 나혜석을 잘 설명해줄 수 있는 글이라 생각되어 전체를 실어본다. 천천히 그녀의 이혼 고백장을 따라가 보자.

「이혼 고백장 – 청구(靑邱) 씨에게 –」

나이 사십, 오십에 가까웠고, 전문교육을 받았고 남들이 용이히 할 수 없는 구미만유를 하였고 또 후배를 지도할 만한 처지에 있어서 그 인격을 통일치 못하고 그 생활을 통일치 못한 것은 두 사람 자신은 물론 부끄러워 할 뿐 아니라 일반 사회에 대하여서도 면목이 없으며 부끄럽고 사죄하는 바외다.

청구 씨!

난생 처음으로 당하는 이 충격은 너무 상처가 심하고 치명적입니다.

비탄, 통곡, 초조, 번민-이래 이 일체의 궤로(軌路)에서 생의 방황을 하면서 일편으로 심연의 밑바닥에 던진 씨를 나는 다시 청구 씨 하고 부릅니다.

청구 씨! 하고 부르는 내 눈에는 눈물이 그득 차집니다. 이것을 세상은 나를 '약자야!' 하고 부를까요?

날마다 당하고 지내던 씨와 나 사이는 깊이 이해하고 지실(知悉)하고 자부하던 우리 사이가 몽상에도 생각지 않던 상처의 운명의 경험을 어떻게 현실의 사실로 알 수 있으리까.

모두가 꿈, 모두가 악몽, 지난 비극을 나는 일부러 이렇게 부르고 싶은 것이 나의 거짓 없는 진정입니다.

'선량한 남편' 적어도 당신과 나 사이의 과거 생활 궤로(軌路)에 나타나는 자세가 아니오리까.

'선량한 남편' 사건이래 얼마나 부정하려 하였으나, 결국 그러한 자세가 지금 상처를 받은 내 가슴속에 소생하는 청구 씨입니다.

사건이래 타격을 받은 내 가슴속에는 씨와 나 사이에 부부 생활 11년 동안의 인상과 추억이 명멸해집니다.

모든 것에 무엇 하나나 조금도 불만과 불평과 불안이 없었던 것이 아닙니까? 씨의 일상의 어느 한 가지나 처(妻)인 내게 불심(不審)이나 불쾌를 가진 아무 것도 없었던 것 아닙니까?

저녁때면 사퇴 시간에 꼭꼭 돌아오지 아니하였으며 내게 나 어린애들에게 자애 있는 미소를 띠는 씨였습니다. 연초는 소량으로 피우나 주량은 조금도 없었습니다. 이 의미로 보면 씨는 세상에 드문 '선량한 남편'이라고 아니할 수 없나이다. 그런 남편인 만치 나는 씨를 신임 아니할 수 없었나이다. 아니 꼭 신임하였었습니다. 그러한 씨가 숨은 반면에 무서운 단결(斷決)성, 참혹한 타기(唾棄)성이 포함돼 있을 줄이야 누가 꿈엔들 생각하였으리까. 나를 반성할 만한, 나를 참회할 만한 촌분(寸分)의 틈과 촌분의 여유도 주지 아니한 씨가 아니었습니까? 어리석은 나는 그래도 혹 용서를 받을까 하고 애걸복걸하지 아니하였는가.

미증유의 불상사, 세상의 모든 신용을 잃고 모든 공분(公憤) 비난을 받으며, 부모 친척의 버림을 받고 옛 좋은 친구를 잃은 나는 물론 불행하려니와 이것을 단행한 씨에게도 비탄, 절망이 불소할 것입니다. 오직 나는 황야를 해매고 암야에 공막(空幕: 텅비어 쓸쓸함)을 바라고 자실(自失)하여 할 뿐입니다.

떨리는 두 손에 화필과 팔레트를 들고 암흑을 향하여 가는 것인가. 그렇지 않으면 광망(光芒)의 순간을 구함인가. 너무 크고 너무 중한 상처의 충격을 받은 내게는 각각(刻刻)으로 절박한 쓸쓸한 생명의 부르짖음을 듣고 울고 쓰러지는 충동으로 가슴이 터지는 것 같사외다.

우리 두 사람의 결혼은 '거짓 결혼'이었었나, 혹은 피차의 이해와 사랑으로 결합하면서 그 생활의 흐름을 따라 우리 결혼은 '거짓'의 기로에 떨어진 것이 아니었는가. 나는 구태여 우리 결혼, 우리 생활을 '거짓'이라 하고 싶지 않소. 그것은 이미 결혼 당시에 모든 준비, 모든 서약이 성립되어 있었고 이미 그것을 다 실행하여 온 까닭입니다.

청구 씨!

광명과 암흑을 다 잃은 나는 이 공허한 자실(自失)상태에서 정지하고 서서 한 번 더 자세히 내성할 필요가 있다고 생각합니다. 이와 같이 염두하느니 만치 나는 비통한 각오의 앞에 서 있습니다. 세상의 모든 조소, 질책(叱責)을 감수하면서 이 십자가를 등지고 묵묵히 나아가려 하나이다. 광명인지 암흑인지 모르는 인종과 절대적 고민 밑에 흐르는 조용한 생명의 속삭임을 들으면서 한 번 더 갱생으로 향하여 행진을 계속할 결심이외다.

■ 약혼까지 내력

벌써 옛날 내가 19세 되었을 때 일이외다. 약혼하였던 애인(素月 崔承九를 가리킴)이 폐병으로 사거(死去)하였습니다. 그때 내 가슴의 상처는 심하여 일시 발광이 되었고 연(連)하여 신경쇠약이 만성에 달하였었습니다. 그해 여름 방학에 동경에서 나는 귀향하였었나이다. 그때 우리 남형(男兄: 나혜석의 오빠 나경석)을 찾아 또 나를 보러 겸겸하여 우리 집 사랑에 손님으로 온 이가 씨였습니다. 씨는 그때 상처한 지 이미 3년이 되던 해라 매우 고독한 때이었습니다. 나는 사랑에서 조카딸과 놀다가 씨와 딱 마주쳤습니다. 이 기회를 타서 남형이 인사를 시켰습니다. 씨는 며칠 후 경성으로 가서 내게 장찰(長札: 긴 편지)을 보내었습니다. 솔직하고 열정으로 써있었습니다. 우선 자기 환경과 심신의 고독으로 취처(娶妻)하여야겠고 그 상대자가 되어주기를 바란다는 것이었사외다. 나는 물론 답하지 아니했습니다. 내게는 그만한 마음의 여유가 없었던 것이외다. 두 번째 편지가 또 왔습니다. 나는 간단히 답장을 하였습니다. 며칠 후에 그는 또 내려왔습니다. 파인애플과 과실을 사가지고. 나는 이번에는 보지 아니하였습니다. 씨는 본향(本鄕: 동래)으로 내려가면서 동경 갈 때 편지하여 달라고 하였습니다. 그 후 내가 동경을 갈 때 무의식적으로 엽서를 하였습니다.

밤중 오사카(大阪)를 지날 때 웬 사방(四方: 사각)모자 쓴 학생이 인사를 하였습니다. 나는 알아보지를 못하였던 것이외다. 교토(京都)까지 같이 와서 나는 동행 4, 5인이 있어 직행하였습니다.

동경 히가시오쿠보(東大久保)에서 동행과 같이 자취 생활을 할 때이외다. 씨는 토산(土産) 하츠바시를 사들고 찾아왔습니다. 씨는 동경 제대 청년회 우변대회에 연사로 왔었습니다. 낮에는 반드시 내 책상에서 초고를 해가지고 저녁 때면 돌아가서 반드시 편지를 하였습니다. 어느 날 밤 돌아갈 때이었습니다. 전차 정류장에서 내가 손을 내밀었습니다. 씨는 뜨겁게 악수를 하고 인하여 가까운 수풀로 가자고 하더니 거기서 하나님께 감사하다는 기도를 올리었습니다.

이와 같이 씨의 편지, 씨의 말, 씨의 행동은 이성을 초월한 감정뿐이었고 열뿐이었사외다. 나는 이 열을 받을 때마다 기뻤었습니다. 부지불각 중 그 열 속에 녹아 들어가는 감이 생겼나이다. 이와 같이 씨는 교토, 나는 동경에 있으면서 1일에 1차씩 올라오기도 하고 혹 산보하다가 순사에게 주의도 받고 혹 보트를 타고 1일의 유쾌함을 지낸 일도 있고 설경(雪景)을 찾아 여행한 일도 있었습니다.

이렇게 6년간 끄는 동안 씨는 몇 번이나 혼인을 독촉한 일이 있었습니다. 그러나 나는 단행하고 싶지 아니하였습니다. 그는 무엇보다 남이 알 수 없는 마음 한편 구석에 남은 상처의 자리가 아직 아물지 아니하였음이요, 하나는 씨의 사랑이 이성을 초월하리 만치 무조건적 사랑, 즉 이성 본능에 지나지 않는 사랑이요, 나라는 일 개성에 대한 이해가 있을까 하는 의심이 생긴 것이외다. 그리하여 본능적 사랑이라 할진대 나 외에 다른 여성이라도 무관할 것이요, 하필 나를 요구할 필요가 없을 듯 생각던 것이었습니다. 전 인류 중 하필 너는 나를 구하고 나는 너를 짝지으려 하는 데는 네가 내게 없어서는 아니 되고 내가 네게 없어서는 아니 될 무엇 하나를 찾아 얻지 못하는 이상 그 결혼 생활은 영구치 못할 것이요, 행복치 못하리라는 것을 나는 일찍이 깨달았던 것이었습니다. 그렇다고 나는 그를 놓기 싫었고 씨는 나를 놓지 아니하였습니다. 다만 단행을 못할 따름이었습니다.

그러다가 양편 친척들의 권유와 및 자기 책임상 택일을 하여 결혼한 것이었습니다. 그때 내가 요구한 조건은 이러하였습니다.

일생을 두고 지금과 같이 나를 사랑해주시오.

그림 그리는 것을 방해하지 마시오.

시어머니와 전실 딸과는 별거케 하여 주시오.

씨는 무조건하고 응낙하였습니다.

나의 요구하는 대로 신혼여행으로 궁촌(窮村) 벽산(碧山)에 있는 죽은 애인의 묘를 찾아 주었고 석비(石碑)까지 세워준 것은 내 일생을 두고 잊지 못할 사실이외다. 여하튼 씨는 나를 전 생명으로 사랑하였던 것은 확실한 사실일 것입니다.

■ 11년간 부부생활

경성서 3년간, 안동현에서 6년간, 동래에서 1년간, 구미에서 1년 반 동안 부부생활을 하는 동안 딸 하나, 아들 셋, 소생

4 남매를 얻게 되었습니다. 변호사로, 외교관으로, 유람객으로, 아들 공부로, 부(父)로, 화가로, 처(妻)로, 모(母)로, 며느리로, 이 생활에서 저 생활로, 저 생활에서 이 생활로, 껑충껑충 뛰는 생활을 하게 되었습니다. 경제상 유여(裕餘)하였고 하고자하는 바를 다 해왔고 노력한 바가 다 성취되었습니다. 이만하면 행복스러운 생활이라고 할 만하였습니다. 씨의 성격은 어디까지든지 이지를 떠난 감정적이어서 일촌(一村)의 앞길을 예상치 못하였습니다. 나는 좀 더 사회인으로, 주부로, 사람답게 잘 살고 싶었습니다. 그리함에는 경제도 필요하고, 시간도 필요하고, 노력도 필요하고, 근면도 필요하였습니다. 불민(不敏)한 점이 불소(不少)하였으나 동기(動機)는 사람답게 잘 살자는 건방진 이상(理想)이 뿌리가 빼어지지 않는 까닭이었습니다. 덤(원문의 힘)으로 부부간 충돌이 생긴 뒤에 반드시 아이가 하나씩 생겼습니다.

■ 주부로서 화가 생활

내가 출품한 작품이 특선이 되고 입상이 될 때 씨는 나와 똑같이 기뻐해 주었습니다. 모든 사람은 나에게 남편 잘 둔 덕이라고 칭송이 자자하였습니다. 나는 만족하였고 기뻤었나이다.

주위 사람 및 남편의 이해도 필요하거니와 이해하도록 하는 것이 필요하외다. 모든 것에 출발점은 다 자아에게 있는 것이외다. 한 집 살림살이를 민첩하게 해놓고 남은 시간을 이용하는 것을 반대할 사람은 없을 것이외다. 나는 결코 가사를 범연히 하고 그림을 그려온 일은 없었습니다. 내 몸에 비단옷을 입어본 일이 없었고 1분이라도 놀아본 일이 없었습니다. 그러므로 내게 제일 귀중한 것이 돈과 시간이었습니다. 지금 생각건대 내게서 가정의 행복을 가져간 자는 내 예술이 아닌가 싶습니다. 그러나 이 예술이 없고는 감정을 행복하게 해줄 아무 것도 없었던 까닭입니다.

■ 구미(歐美) 만유(漫遊)

구미 만유를 향하여 해준 후원자 중에는 씨의 성공을 비는 것은 물론이요, 나의 성공을 비는 자도 있었습니다. 그리하여 우리의 구미 만유는 의외로 쉬운 일이었습니다. 사람은 하나를 더 보면 더 보니 만치 자기 생활이 신장(伸長)해지는 것이요, 풍부해지는 것이외다. 만유한 후에 씨는 정치관이 생기고, 나는 인생관이 다소 정돈이 되었나이다.

1. 사람은 어떻게 살아야 좋을까. 동양 사람이 서양을 동경하고 서양인의 생활을 부러워하는 반면에 서양을 가보면 그들은 동양을 동경하고, 동양 사람의 생활을 부러워합니다. 그러면 누구든지 자기 생활에 만족하는 자는 없

사외다. 오직 그 마음 하나 먹기에 달린 것뿐이외다. 돈을 많이 벌고 지식을 많이 쌓고 사업을 많이 하는 중에 요령을 획득하여 그 마음에 만족을 느끼게 되는 것이외다. 즉 사람과 사물 사이에 신(神)의 왕래를 볼 때뿐 만족을 느끼게 되는 것이외다.

2. 부부간에 어떻게 하면 화합하게 살 수 있을까. 일 개성과 타 개성이 합한 이상 자기만 고집할 수 없는 것이외다. 다만 극기를 잊지 마는 것이 요점입니다. 그리고 부부 생활에는 세 시기가 있는 것 같사외다. 제1, 연애 시기의 때에는 상대자의 결점이 보일 여가 없이 장처(長處)만 보입니다. 다 선화(善化) 미화(美化)할 따름입니다. 제2, 권태 시기, 결혼하여 3, 4년이 되도록 자녀가 생하여 권태를 잊게 아니한다면 권태증이 심하여집니다. 상대자의 결점이 눈에 띄고 싫증이 나기 시작됩니다. 통계를 보면 이때 이혼(원문은 결혼) 수가 가장 많습니다. 제3, 이해 시기, 이미 부(夫)나 처(妻)가 피차에 결점을 알고 장처도 아는 동안 정의(情誼)가 깊어지고 새로운 사랑이 생겨 그 결점을 눈감아 내리고 그 장처를 조장하고 싶을 것이외다. 부부 사이가 이쯤 되면 무슨 장애물이 있든지 떠날 수 없게 될 것이외다. 이에 비로소 미와 선이 나타나는 것이요, 부부 생활의 의의가 있을 것입니다.

3. 구미 여자의 지위는 어떠한가. 구미의 일반 정신은 큰

것보다 작은 것을 존중히 여깁니다. 강한 것보다 약한 것을 아껴줍니다. 어느 화합에든지 여자 없이는 중심점이 없고 기분이 조화되지 못합니다. 일 사회의 주인공이요, 일 가정의 여왕이요, 일 개인의 주체이외다. 그것은 소위 크고 강한 남자가 옹호함으로 뿐 아니라 여자 자체가 그만치 위대한 매력을 가짐이요, 신비성을 가진 것입니다. 그러므로 새삼스러이 평등, 자유를 요구할 것이 아니라 본래 평등, 자유가 구존해 있는 것이외다. 우리 동양 여자는 그것을 오직 자각치 못한 것뿐이외다. 우리 여성의 힘은 위대한 것이외다. 문명해지면 해질수록 그 문명을 지배할 자는 오직 우리 여성들이외다.

4. 그 외의 요점은 무엇인가. 데생이다. 그 데생은 윤곽 뿐의 의미가 아니라, 칼라 즉 색체, 하모니 즉 조자(調子: 조화)를 겸용한 것이외다. 그러므로 데생이 확실하게, 한 모델을 능히 그릴 수 있는 것이 급기 일생의 일이 되고 맙니다. 무식하나마 이상 4개 문제를 다소 해결하게 되었습니다. 그러므로 나의 생활목록이 지금부터 전개되는 듯 싶었고 출발점이 일로부터 되리라고 생각하였습니다. 따라서 이상도 크고 구체적 고안도 있었습니다. 하여간 전도를 무한히 낙관하였으나 과연 어떠한 결과를 맺게 되었는지 스스로 부끄러워 마지않는 바외다.

■ 시어머니와 시누이의 대립적 생활

결혼 후 1년간 시어머니와 동거하다가 철없이 살아가는 젊은 내외의 장래를 보장하기 위하여 고향인 동래로 내려가서 집을 장만하고 매삭 보내는 돈을 절약하여 땅마지기를 장만하고 계셨습니다. 그의 오직 소원은 아들 며느리가 늙게 고향에 돌아와 친척들을 울을 삼고 살라 함이오, 자기가 푼푼전전이 모은 재산을 아버지 없이 길리운 아들에게 유산하는 것이외다. 그리하여 이 재산이란 것은 3인이 합동하여 모은 것이외다. (얼마 되지 않으나) 한 사람은 벌고 한 사람은 절약하여 보내고 한 사람은 모아서 산 것이외다. 그리하여 두 집 살림이 물샐 틈 없이 째이고 재미스러웠사외다. 이렇게 화락한 가정에 파란을 일으키는 일이 생겼사외다.

우리가 구미 만유하고 돌아온 지 1삭 만에 셋째 시삼촌이 타지방에서 농사짓던 것을 집어치고 일푼 준비 없이 장조카 되는 큰댁, 즉 우리를 믿고 고향을 찾아온 것이외다.

어안이 벙벙한 지 며칠이 못되어 둘째 시삼촌이 또 다섯 식구를 데리고 왔습니다. 귀가 후 취직도 아니 된 때라 돕지도 못하고 보자니 딱하고 실로 난처한 처지이었사외다. 할 수 없이 삼촌 두 분은 1년간 아랫방에 모시고, 사촌들은 다 각각 취직케 하였습니다. 이러고 보니 근친간 자연 적은 말이 늘어지고 없는 말이 생기기 시작하게 되었고, 큰 사건은 조석(朝夕)이 없는 사촌 아들을 아무 예산 없이 고등학교에 입학을 시키고 그 학자(學資)는 우리가 맡게 된 것이외다.

만유 후에 감상담 들으러 경향 각지로부터 오는 지인 친구를 대접하기에도 넉넉치 못하였사외다. 없는 것을 있는 체하고 지내는 것은 허영이나 출세 방침상 피지 못할 사교이었사외다. 이것을 이해해줄 그들이 아니었사외다. 나는 부득이 남편이 취직할 동안 1년간만 정학하여 달라고 요구하였사외다. 삼촌은 노발대발 하였사외다. 이러자니 돈이 없고 저러자니 인심 잃고 실로 어쩔 길이 없었나이다.

때에 시는 외무성에서 총독부 사무관으로 가라는 것을 싫다 하고 (관리하라는) 전보를 두 번이나 거절하고, 고집을 부려 변호사 개업을 시작하고 경성 어느 여 관객이 되어서 예쁜 기생, 돈 많은 갈보들의 유혹을 받으면서 내가 모씨에게 보낸 편지가 구실이 되어 이 요릿집 저 친구에게 이혼 의사를 공개하며 다니던 때 이었습니다. 동기(動機)에 아무 죄 없는 나는 방금 서울에서 이혼설이 공개된 줄도 모르고 씨의 분을 더 돋우었으니, "일촌의 앞길을 헤아리지 못하는 이 천지 바보야, 나중 일을 어찌하려고 학자를 떠맡았느냐?" 하였사외다.

우리 집 살림살이에 간접으로 전권을 가진 자가 있으니, 즉 시누이외다. 모든 일에 시어머니의 코치 노릇을 할 뿐 아니라 심지어 서울서 온 손님과 해운대를 갔다오면 내일은 반드시 시어머니가 없는 돈을 박박 긁어서라도 갔다옵니다. 모두가 내 부덕의 소산이라 하겠으나 남보다 많이 보고 남보다 많이 배운 나로서 인정인들 남만 못하랴마는 우리의 이 역경에서 일어나기에는 아무 여유가 없었던 까닭이었사외다.

내가 구미 만유에서 돌아오는 길에 여러 친척 친구들에게 토산물을 다소 사 가지고 왔습니다. 그러나 시어머니와 시누이며 그 외 근친에게는 사 가지고 오지 아니하였습니다. 이는 내가 방심하였다는 것보다 그들에게 적당한 물건이 없었던 것이외다. 본국에 와서 사드리려고 한 것이 흐지부지한 것이외다. 프랑스에서 오는 짐 두 짝이 모두 포스터와 회(繪:그림)엽서와 레코드와 화구뿐인 것을 볼 때, 그들은 섭섭히 여기고 비웃은 것이외다. 실로 사는 세상은 같으나 마음 세상이 다르고 하니 괴로운 일이 많았습니다. 일로 인하여 시어머니와 시누이의 감정이 말하지 않는 중에 간격이 생긴 것이외다.

씨의 동복(同腹) 남매가 3남매이외다. 누이 둘이 있으니 하나는 천치요, 하나는 지금 말하는 시누이니, 과도히 똑똑하여 빈틈없이 일 처리를 하는 여자외다. 천춘 과부로 제가하였으나 일점 혈육 없이 어디서 낳아온 딸 하나를 금지옥엽으로 양육할 뿐이요, 남은 정은 어머니와 오라비에 쏟으니 전전 푼푼이 모은 돈도 오라비를 위함이라. 그리하여 될 수 있는 대로 오라비와 고향에서 가까이 살다가 여생을 마치려 함이었사외다. 어느 때 내가, "나는 동래가 싫어요. 암만해도 서울 가서 살아야겠어요" 하였사외다. 이상의 여러 가지를 보아

오라비댁은 어머니께 불효요, 친척에 불목이요, 고향을 싫어하는 달뜬 사람이라고 결론이 된 것이외다. 이것이 어느 기회에 나타나 이혼설에 보조가 될 줄 하느님 외에 누가 알았으랴. 과연 좁은 여자의 감정이란 무서운 것이요, 그것을 짐작치 못하고 넘어가는 남자는 한없이 어리석은 것이외다.

일 가정에 주부가 둘이어서, 시어머니는 '내 살림'이라 하고, 며느리는 따로 예산이 있고, 시누이가 간섭을 하고, 살림하는 마누라가 꾀사실(없는 일을 거짓으로 지어냄)을 하고, 전후 좌우에는 형제 친척이 와글와글하니, 다정치도 못하고 약지도 못하고, 돈도 없고 방침도 없고, 나이도 어리고 구습에 단련도 없는 일개 주부의 처지가 난처하였사외다. 사람은 외형은 다 같으나 그 내막이 얼마나 복잡하여 이성 외에 감정의 움직임이 얼마나 얼기설기 얽매었는가.

■ C와 관계

C(최린을 가리킴)의 명성은 일찍부터 들었으나 초대면하기는 파리이었사외다. 그를 대접하려고 요리를 하고 있는 나에게 "안녕합쇼"하는 초(初) 인사는 유심히도 힘이 있는 말이었사외다. 이래 부군은 독일로 가서 있고, C와 나는 불어를 모르는 관계상 통변(通辯: 통역)을 두고 언제든지 3인이 동반하여 식당, 극장, 선유(船遊), 시외 구경을 다니며 놀았사외다. 그리하여 과

거지사(過去之事), 현 시사(現時事), 장래지사(將來之事)를 논하는 중에 공명되는 점이 많았고 서로 이해하게 되었사외다. 그는 이탈리아 구경을 하고 나보다 먼저 파리를 떠나 독일로 갔사외다. 그 후 퀼른에서 다시 만났사외다. 내가 그때 이런 말을 하였나이다.

"나는 공(公)을 사랑합니다. 그러나 내 남편과 이혼은 아니하렵니다."

그는 내 등을 뚝뚝 뚜드리며,

"과연 당신의 할 말이오. 나는 그 말에 만족하오."

하였사외다.

나는 제네바에서 어느 고국 친구에게,

"다른 남자나 여자와 좋아 지내면 반면으로 자기 남편이나 아내와 더 잘 지낼 수 있지요."

하였습니다. 그는 공명하였습니다.

이와 같은 생각이 있는 것은 필경 자기가 자기를 속이고 마는 것인 줄은 모르나 나는 결코 내 남편을 속이고 다른 남자, 즉 C를 사랑하려고 하는 것은 아니었나이다. 오히려 남편에게 정이 두터워지리라고 믿었사외다. 구미 일반 남녀 부부 사이에 이러한 공공연한 비밀이 있는 것을 보고, 또 잇는 것이 당연한 일이요, 중심되는 본부(本夫)나 본처(本妻)를 어찌 않는 범위 내의 행동은 죄도 아니요, 실수도 아니라 가장 진보된 사람에게 마땅히 있어야 할 감정이라고 생각합니다. 그러므로 이러한 사실을 판명할 때는 웃어두는 것이 수요, 일부러 이름을 지을 필요가 없는 것이외다. 장발장이 생각납니다. 어린 조카들이 배고파서 못 견디는 것을 차마 볼 수 없어서 이웃집에 가 빵 한 조각 집은 것이 원인으로 전후 19년이나 감옥 출입을 하게 되었사외다. 그 동기는 얼마나 아름다웠던가. 도덕이 있고 법률이 있어 그의 양심을 속이지 아니하였는가. 원인과 결과가 따로 따로 나지 아니하는가. 이 도덕과 법률로 하여 원통한 죽음이 오죽 많으며 원한을 품은 자가 얼마나 있을까.

■ 가운(家運)은 역경(逆境)에

소위 관리생활 할 때 다소 여유 있던 것은 고향에 집 짓고 땅 사고 구미 만유 시 2만여 원을 썼으며 은사금(恩賜金)으로 2천 원 받은 것이 변호사 개업 비용에 다 들어가고 수입은 일푼 없고 불경기는 날로 심혹해졌습니다. 아무 방침 없어 내가 직업 전선에 나서는 수밖에 없이 되었사외다. 그러나 운명의 마(魔)는 이 길까지 막고 있었습니다.

귀국 후 8개월 만에 심신과로로 하여 쇠약해졌습니다. 그리고 내 무대는 경성이외다. 경제상 관계로 서울에 살림을 차릴 수 없게 되었사외다. 또 어린 것들을 떠나고 살림을 제치고 떠날 수 없었사외다. 꼼짝 못하게 위기 절박한 가운데

67

서 마음만 졸이고 있을 뿐이었나이다. 만일 이때 젖먹이 어린 것만 없고 취직만 되어 생계를 할 수 있었더면 우리의 앞에 이러한 비극이 가로 걸치지를 아니했을 것이외다.

이때 일이었사외다. 소위 편지 사건이외다. 나를 도와줄 사람은 C밖에 없을 뿐이었사외다. 그리하여 무엇을 하나 경영해 보려고 좀 내려오라고 한 것이외다. 그리고 다시 찾아 사귀기를 바란다고 한 것이외다. 그것이 중간 악한배(惡漢輩)들의 오전(誤傳)으로 '내 평생 당신에게 맡기오'가 되어 씨의 대노(大怒)를 산 것이외다. 나의 말을 믿는다는 것보다 그들의 말을 믿을 만치 부부의 정의는 기울어졌고 씨의 마음은 변하기를 시작하였사외다.

조선에도 생존 경쟁이 심하고 약육강식이 심하여졌습니다. 게다가 남이 잘못되는 것을 잘되는 것보다 좋아하는 심사를 가진 사람들이라, 이미 씨의 입으로 이혼을 선전해 놓고 편지 사건이 있고 하여 일없이 남의 말로만 종사하는 악한배들은 그까짓 계집을 데리고 사느냐고 하고 천치 바보라 하여 치욕을 가하였다. 그 중에는 유력한 코치자 그룹이 3, 4인 있어서 소위 사상가적 견지로 보아 나를 혼자 살도록 해보고 싶은 호기심으로 이혼을 강권하고 후보자를 얻어주고 전후 고안을 꾸며주었나이다. 그들의 심사에는 일 가정의 파열(破裂), 어린이들의 전도(前途)를 동정하는 인정미보다 이혼 후에 나와 C의 관계가 어찌 되는가를 구경하고 싶었고 억세고 줄

기찬 한 계집년의 전도가 참혹히 되는 것을 연극구경같이 하고 싶은 것이었사외다.

자기의 행복은 자기밖에 모르는 동시에 자기의 불행도 자기밖에 모르는 것이외다. 이 사람 저 사람에게 이혼의 의사를 물어보고 10년간 동거하던 옛날 애처의 결점을 발로시키는 것도 보통 사람의 행위라 할 수 없거니와 해라해라 하는 추김에 놀아 결심이 굳어져가는 것도 보통 사람의 행위라 할 수 없는 것이외다.

여하간 씨의 일가가 비운에 처한 동시에 일신의 역경이 절정에 달하였사외다. 사건이 있으나 돈 없어서 착수치 못하고 여관에 있어 3,4 삭 숙박료를 못 내니 조석으로 주인 대할 면목 없고, 사회측에서는 이혼설로 비난이 자자하니 행세할 체면 없고 성격상으로 판단력이 부족하니 사물에 주저되고, 씨의 양빰 뼈가 불쑥 나오도록 마르고 눈이 쑥 들어가도록 밤에 잠을 못 자고 번민하였사외다. 씨는 잠 아니 오는 밤에 곰곰이 생각하였사외다. 우선 질투에 바쳐 오르는 분함은 얼굴을 붉게 하였사외다. 그리고 자기가 자기를 생각하고 또 세상 맛을 본 결과 돈 벌기처럼 어려운 것이 없는 줄 알았사외다. 안동현 시절에 남용하던 것이 후회나고, 아내가 그림 그리려고 화구 산 것이 아까워졌나이다.

사람의 마음은 마치 배 돛대를 바람을 끼워 달면 바람을 따라 달아나는 것같이 그 근본 생각을 다는 데로 모든 생각은 다 그 편으로 향하여 달아나는 것이외다. 씨가 그렇게 생각할수록 일시도 그 여자를 자기 아내 명의로 두고 싶지 않은 감정이 불과 같이 일어났사외다. 동시에 그는 자기 친구 1인이 기생 서방으로 놀고 편히 먹는 것을 보았사외다. 이것도 자기[를] 역경에서 다시 살리는 한 방책으로 생각했을 때, 이혼설이 공개되니 여기저기 돈 있는 갈보들이 후보 되기를 청원하는 자가 많아 그 중에서 하나를 취하였던 것이외다.

때는 아내에게 이혼 청구를 하고 만일 승낙치 않으면 간통죄로 고소를 하겠다고 위협을 하는 때였사외다. 아아, 남성은 평시 무사할 때는 여성이 바치는 애정을 충분히 향락하면서 한 번 법률이라든가 체면이라는 형식적 속박을 받으면 작일(昨日)까지의 방자하고 향락하던 자기 몸을 돌이켜 금일(今日)의 군자가 되어 점잔을 빼는 비겁자요, 횡포자가 아닌가. 우리 여성은 모두 일어나 남성을 저주하고자 하노라.

■ 이혼

나는 아이들을 데리고 동래 있었을 때외다. 경성에 있는 씨가 도착한다는 전보가 왔습니다. 나는 대문 밖까지 출영하였사외다. 씨는 나를 보고 반목(反目) 불견(不見)으로 실쭉합니다. 그의 안색은 창백하였고 눈은 올라갔었나이다. 나는 깜짝 놀랐사외다. 그리고 무슨 불상사가 있는 듯하여 가슴이 두근거

렸나이다. 씨는 건넌방으로 가더니 나를 부릅니다.

"여보, 이리 좀 오오."

나는 건너갔사외다. 아무 말 없이 그의 눈치만 보고 앉았
사외다.

"여보, 우리 이혼합시다."

"그게 무슨 소리요? 별안간에."

"당신이 C에게 편지하지 않았소."

"했소."

"'내 평생을 바치오' 하고 편지 안했소?"

"그렇지 아니했소."

"왜 거짓말을 해. 하여간 이혼해."

그는 부둥부둥 내 장 속에 넣었던 중요 문서 및 보험권을
꺼내서 각기 나눠 가지고 안방으로 가서 자기 어머니에게 맡
깁니다.

"얘, 고모 어머니 오시래라. 삼촌 오시래라."

미구(未久: 오래지 않아)에 하나씩 둘씩 모여들었습니다.

"나는 이혼을 하겠소이다."

"얘, 그게 무슨 소리냐. 어린 것들을 어쩌고."

어제 경성서 미리 온 편지를 보고 병석처럼 하고 누워있던
시어머니는 만류하였사외다.

"어, 그 사람, 쓸데없는 소리."

형은 말하였사외다.

"형님, 그게 무슨 소리요?"

"서방질하는 것하고 어찌 살아요."

일동은 잠잠하였다.

"이혼 못하게 하면 나는 죽겠소."

이때 일동은 머리를 한 데 모으고 소곤소곤하였소이다. 시누이가 주장이 되어 일이 결정되나이다.

"네 마음대로 해라. 어머니에게도 불효요, 친척에게도 불목(不睦: 화목하지 못함)이란다."

나는 좌중(座中)에 뛰어들었습니다.

"하고 싶으면 합시다. 이러니저러니 여러 말 할 것도 없고, 없는 허물을 잡아낼 것도 없소. 그러나 이 집은 내가 짓고 그림 판 돈도 들었고 돈버는 데 혼자 벌었다고도 할 수 없으니 전 재산을 반분(半分)합시다."

"이 재산은 내 재산이 아니다. 다 어머니 것이다."

"누구는 산송장인 줄 아오, 주기 싫단 말이지."

"죄 있는 계집이 무슨 뻔뻔으로."

"죄가 무슨 죄야. 만드니 죄지!"

"이것만 줄 것이니 팔아 가지고 가거라."

씨는 논문서 한 장, 약 5백 원 가량 가격되는 것을 내어준다.

"이따위 것을 가질 내가 아니다."

씨는 경성으로 간다고 일어선다. 그 길로 누이의 집으로 가서 의논하고 갔사외다.

나는 밤에 잠을 이루지 못하고 곰곰 생각하였사외다.

"아니다 아니다, 내가 사죄할 것이다. 그리고 내 동기가 악한 것이 아니었다는 것을 말하자. 일이 커져서는 재미없다. 어린 것들의 전정(前程)을 보아 내가 굴하자."

나는 불현듯 경성을 향하였사외다. 여관으로 가서 그를 만나 보았사외다.

"모든 것을 내가 잘못하였소. 동기만은 결코 악한 것이 아니었소."

"지금 와서 이게 무슨 소리야. 어서 도장이나 찍어."

"어린 자식들은 어찌하겠소."

"내가 잘 기르겠으니 걱정 말아."

"그러지 맙시다. 당신과 내 힘으로 못 살겠거든 우리 종교를 잘 믿어 종교의 힘으로 삽시다. 예수는 만인의 죄를 대신하여 십자가에 못 박히지 아니했소?"

"듣기 싫어."

나는 눈물이 났으나 속으로 웃었다. 세상을 그렇게 비뚜로 얽어맬 것이 무엇인가. 한번 남자답게 껄껄 웃어두면 만사 무사히 되는 것이 아닌가. 나는 씨가 요지부동할 것을 알았사외다.

나는 모씨(某氏)에게로 달려갔사외다.

"오빠, 이혼하자니 어쩔까요?"

"하지. 네가 고생을 아직 모르니까 고생을 좀 해보아야지."

"저는 자식들 전정(前程: 앞날)을 보아 못하겠어요."

"엘렌 케이(Ellen Key. 1849~1926, 스웨덴의 여성사상가. 억압된 부인의 해방, 아동 존중을 주장했고 연애도덕론과 자유이혼론을 주장했고 『연애와 결혼』은 1910년대 일본 유학생들에게 큰 영향을 미침) 말에도 불화한 부부 사이에 기르는 자식보다 이혼하고 새 가정에서 기르는 자식이 더 양호하다지 아니했는가."

"그것은 이론에 지나지 못해요. 모성애는 존귀하고 위대한 것이니까요. 모성애를 잃는 에미도 불행하거니와 모성애에 길리지 못하는 자식도 불행하외다. 이것을 아는 이상 나는 이혼은 못하겠어요. 오빠, 중재를 시켜주셔요."

"그러면 지금부터 절대로 현모양처가 되겠는가?"

"지금까지 내 스스로 현모양처 아니 된 일이 없으나 씨가 요구하는 대로 하지요."

"그러면 내 중재해보지."

모씨는 전화기를 들어 사장과 영업국장에게 전화를 걸었사외다. 중재를 시키자는 말이었사외다. 전화 답이 왔사외다. 타협될 희망이 없으니 단념하라 하나이다. 모씨는,

"하지, 해 그만치 요구하는 것을 안 들을 필요가 무엇 있나."

씨는 소설가이니 만치 인생 내면의 고통보다 사건 진행에 호기심을 가진 것이었사외다.

나는 여기서도 만족을 얻지 못하고 돌아왔나이다. 그날 밤 여관에서 잠이 아니와서 엎치락뒤치락할 때 사랑에서는 기

생을 불러다가 흥(興)이냐 흥(興)이냐 놀며 때때로 껄껄 웃는 소리가 스며들어왔나이다. 이 어이한 모순이냐. 상대자의 불품행(不品行)을 논할진대 자기 자신이 청백할 것이 당연한 일이거든 남자라는 명목 하에 이성과 놀고 자도 관계없다는 당당한 권리를 가졌으니 사회제도도 제도려니와 몰상식한 태도에는 웃음이 나왔나이다. 마치 어린애들 장난 모양으로 너 그러니 나도 이러겠다는 행동에 지나지 아니했사외다. 인생 생활의 내막의 복잡한 것을 일찍이 직접 경험도 못하고 능히 상상도 못하는 씨의 일이라, 미구에 후회날 것을 짐작하나, 이미 기생 애인에 열중하고 지난 일을 구실 삼아 이혼 주장을 고집불통하는 데야 씨의 마음을 돌이키게 할 아무 방침이 없었사외다.

나는 부득이 동래를 향하여 떠났사외다. 봉천으로 달아날까, 일본으로 달아날까, 요 고비만 넘기면 무사하리라고 확신하는 바이었사외다. 불행히 내 수중에는 그만한 여비가 없었던 것이외다. 고통에 못 견뎌서 대구에서 내렸사외다. Y씨 집을 찾아가니 반가워하며 연극장으로, 요릿집으로, 술도 먹고, 담배도 피우며, 그 부인과 3인이 날을 새웠사이다. 씨는 사위얻을 걱정을 하며 인재를 구해달라고 합니다. 나만 아는 내고통은 쉴 새 없이 내 마음속에 돌고 돌고 빙빙 돌고 있었나이다. 할 수 없이 동래로 내려갔사외다. 씨에게서는 여전히 2일에 한 번씩 독촉장이 왔사외다.

"이혼장에 도장을 치오. 15일 내로 아니 치면 고소하겠소."

내 답장은 이러하였사외다.

"남남끼리 합하는 것도 당연한 이치요, 떠나는 것도 당연한 이치나 우리는 서로 떠나지 못할 조건이 네 가지가 있소. 1은 팔십 노모가 계시니 불효요. 2는 자식 4남매요, 학령 아동인 만큼 보호해야 할 것이요. 3은 일 가정은 부부의 공동생활인 만치 생산도 공동으로 되었을 뿐 아니라 분리케 되는 동시는 마땅히 일가(一家)가 이가(二家) 되는 생계가 있어야 할 것이오. 이것을 마련해주는 것이 사람으로서의 의무가 아닐까 하오. 4는 우리 연령이 경험으로 보든지 시기로 보든지 순정, 즉 사랑으로만 산다는 것보다 이해와 의로 살아야 할 것이요, 내가 이미 사과하였고 내 동기가 전혀 악으로 된 것이 아니요, 또 씨의 요구대로 현모양처가 되리라"고 하였사외다.

씨의 답장은 이러하였사외다.

"나는 과거와 장래를 생각하는 사람이 아니요, 현재로만 살아갈 뿐이오. 정말 자식이 못 잊겠다면 이혼 후 자식들과 동거해도 좋고 전과 똑같이 지내도 무관하오."

나를 꾀는 말인지 이혼의 시말(始末)이 어찌 되는지 역시 몰상식한 말이었사외다. 해 달라, 아니 해주겠다 하는 동안이 거의 한 달 동안이 되었나이다.

하루는 정학시켜 달라고 한 삼촌이 노심(怒心)을 품고 앞장을 서고 시숙들, 시누이들이 모여 내게 육박하였사외다.

"잘못했다는 표로 도장을 찍어라. 그 뒷일은 우리가 다 무사히 만들 것이니."

"혼인할 때도 두 사람이 한 일이니까 이혼도 두 사람이 할 터이니 걱정들 마시고 가시오."

나는 밤에 한잠 못 자고 생각하였사외다.

'일은 이미 틀렸다. 계집이 생겼고 친척이 동의하고 한 일을 혼자 아니 하려해도 쓸데없는 일이다.'

나는 문득 이러한 방침을 생각하고 서약서 두 장을 썼습니다.

서약서

부(夫) ○○○과 처(妻) ○○○은 만 2개년 동안 재가(再嫁) 우(又)는 재취(再娶)를 않기로 하되 피차의 행동을 보아 복구할 수가 있기로 서약함.

우(右)　　　　부 ○○○ 인

　　　　　　　처 ○○○ 인

중재를 시키려 상경하였던 시숙이 도장을 찍어가지고 내려왔나이다. 그는 이렇게 말하였나이다.

"여보, 아주머니, 찍어줍시다. 그까짓 종이가 말하오? 자식이 4남매나 있으니 이 집에 대한 권리가 어디 가겠소? 그리고 형님도 말뿐이지 설마 수속을 하겠소?"

옆에 앉았던 시어머니도,

"그렇다 뿐이겠니? 그러다가 병날까 보아 큰 걱정이다. 찍어주고 저는 계집 얻어 살거나 말거나 너는 나하고 어린것들 데리고 살자그려."

나는 속으로 웃었다. 그리고 아니꼽고 속상했다. 얼른 도장을 꺼내다가 주고,

"우물쭈물할 것 무엇 있소, 열 번이라도 찍어주구려."

과연 종이 한 장이 사람의 심사를 어떻게 움직이게 하는지. 예측치 못하던 일이 하나씩 둘씩 생기고 때를 따라 변하는 양(樣)은 울음으로 볼까, 웃음으로 볼까. 절대 무저항주의의 태도를 가지고 묵언(默言) 중에 타임이 운반하는 감정과 사물을 꾹꾹 참고 하나씩 겪어 제칠 뿐이었나이다.

■ 이혼 후

H에게서 편지가 왔나이다.

"K에게서 전화가 왔는데 이혼 수속을 필(畢)하였다고 사방으로 통지하는 모양입니다. 참 우스운 사람이오. 언니는 그런 사람과 이혼 잘했소. 딱 일어서서 탁탁 털고 나오시오."

그러나 네 아이를 위하여 내 몸 하나를 희생하자, 나는 꼼짝 말고 있으련다. 이래 두 달 동안 있었나이다.

공기는 일변하였나이다. 서울서 씨가 종종 내려오나 나 있

는 집에 들리지 아니하고 누이 집에 들러 어머니와 아이들을 청해다가 보고 시어머니는 눈을 흘기고 시누이는 추기고 시숙들은 우물쭈물 부르고 시어머니는 전권(全權)이 되고 만다.

동리 사람들은 "왜 아니 가누, 언제 가누" 구경삼아 말한다. 아이들은 할머니가 과자 사탕을 사주어가며 내 방에서 데려다 잔다. 이와 같이 전쟁 후 승리자나 패배자 사이와 같이 나는 마치 포로와 같이 되었나이다. 나는 문득 이렇게 생각했다.

"네 어린 것들을 살릴까, 내가 살아야 할까."

이 생각으로 3일 밤을 청야하였사외다.

'오냐, 내가 있는 후에 만물이 생겼다. 자식이 생겼다. 아이들아, 너희들은 일찍부터 역경을 겪어라. 너희는 무엇보다 사람 자체가 될 것이다. 사는 것은 학문이나 지식으로 사는 것이 아니다. 사람이라야 사는 것이다. 잔 자크 루소의 말에도 "나는 학자나 군인을 양성하는 것보다 먼저 사람을 기르노라" 하였다. 내가 출가 하는 날은 일곱 사람이 역경에서 해매는 날이다.'

그러나 이러나 내 개성을 위하여 일반 여성의 승리를 위하여 짐을 부둥부둥 싸가지고 출가 길을 차렸나이다.

북행 차를 탔다.

'어디로 갈까. 집도 없고 부모도 없고 자식도 없고 친구도 없는 이 홀로 된 몸, 어디로 갈까, 어디로 갈까.'

경성에서 혼자 살림하고 있는 오라비 댁으로 갔었나이다.
마침 제사 때라 봉천서 남형이 돌아왔었나이다. 이미 장찰(長
札)로 사건의 시종을 말했거니와 이번 사건에 일체 자기는 나
서지를 아니하고 자기 아내를 내어보내어 타협 교섭한 일도
있었나이다.

"하여간 당분간은 봉천으로 가서 있게 하자."

"C를 한 번 만나보고 결정해야겠소."

"일이 이만치 되고 K와 절연이 된 이상 C와 연(緣)을 맺는
것이 당연한 일이 아니겠소."

"별말 말아라. K가 지금 체면상 어쩌지를 못하여 그리하는
것이니까 봉천 가서 있으면 저도 생각이 있겠지."

이때 두어 친구는 절대로 서울 떠나는 것을 반대하였나이
다. 그는 서울 안에 돈 있는 독신 여자가 많아 K를 유혹하고
있다는 것이었사외다. 형은 이렇게 말하였다.

"다른 여자를 얻는다면 K의 인격은 다 알 수 가 있는 것이
다. 다 운명에 맡기고 가자, 가."

봉천으로 갔었나이다. 나는 진정할 수 없었나이다. 물론 그
림은 그릴 수 없었고 그대로 소일할 수도 없었나이다. 나는
내 과거 생활을 알기 위하여 초고(草稿)해 두었던 원고를 정리
하였사외다. 그 중에 모성(母性)에 대한 글, 부부 생활에 대한
글, 애인을 추억하는 글, 자살에 대한 글, 지금 당할 모든 것
을 예언한 것같이 되었나이다. 그리하여 전에 생각하였던 바

를 미루어 마음을 수습할 수 있었던 것이외다. 한 달이 못되어 밀고 편지가 왔었나이다.

"K는 여편네를 얻었소. 아이도 데려간다 하오."

아직도 설마 수속까지 하였으랴, 사회 체면만 면하면 화해가 되겠지 하고 믿고 있던 나는 깜짝 놀랐사외다. 형이 들어왔소이다.

"너 왜 밥도 안먹고 그러니?"

"이것 좀 보오."

편지를 보였다. 형은 보고 비소(鼻笑: 코웃음)하였습니다.

"제가 잘못 생각이지. 위인(爲人)은 다 알았다. 그까짓 것 단념해버리고 그림하고나 살아라. 걸작이 나올지 아니?"

"나는 가보아야겠소."

"어디로?"

"서울로 해서 동래까지."

"다 끝난 일을 가보면 무얼 해, 치소(恥笑)받을 뿐이지."

"그러나 사람이 되고서 그럴 수가 있소? 생활비 한 푼 아니 주고 이혼이 무어요."

"2개년(원문은 2개월) 간 별거 생활 하자는 서약은 어찌된 모양이야?"

"그것도 제 맘대로 취소한 것이지."

"그놈, 미쳤군 미쳤어."

"나는 가서 생활비 청구를 하겠소. 아니 내가 번 것을 찾

81

겠소."

"그러면 가보되 진중히 일을 해야 네 치소를 면한다."

나는 부산행 기차를 탔습니다.

경성 역에 내리니 전보를 받은 T가 나왔습니다. T의 집으로 들어가 우선 씨의 여관 주인을 청했습니다. 나는 씨의 행동이 씨 혼자의 행동이 아니라 여관 주인을 위시하여 주위에 있는 친구들의 충동인 것을 안 까닭이었나이다.

"여보셔요."

"예."

"친구의 가정이 불행한 것을 좋아하십니까, 행복 된 것을 좋아하십니까?"

"네, 물으시는 뜻을 알겠습니다. 너무 오해하지 마십쇼. 나는 전혀 몰랐더니 하루는 짐을 가지고 나갑디다."

"나도 그 여자 잘 아오. 며칠 살겠소."

T는 말한다.

나는 두어 친구로 동반하여 북미창정(北米倉町: 현재의 서울 중구 북창동) 씨의 살림집을 향하여 갔었습니다. 나는 밖에 섰으려니까 씨가 우쭐우쭐 오더니 그 집으로 들어가지 아니하고 내 앞을 지나갑니다.

"여보, 찻집에 들어가 이야기 좀 합시다."

두 사람은 찻집으로 들어갔습니다.

"나 살 도리를 차려주어야 아니하겠소."

"내가 아나. C더러 살려 달래지."

"남의 걱정은 말고 자기 할 일이나 하소."

"나는 몰라."

나는 그 길로 부청(府廳)으로 가서 복적(復籍) 수속을 물어가지고 용지를 가지고 사무실로 갔었나이다.

"여보, 복적해 주오."

"이게 무슨 소리야."

"지난 일은 다 잊어버리고 갱생하여 삽시다. 당신도 파멸이요, 나도 파멸이요, 두 사람에게 속한 다른 생명까지도 파멸이오."

"왜 그래."

"차차 살아보오. 당신 고통이 내 고통보다 심하리다."

"누가 그런 걱정하래?"

훌쩍 나가버린다.

그 이튿날이외다. 나는 씨를 찾아 사무실로 갔사외다. 씨는 마침 점심을 먹으러 자택으로 향하는 길이었나이다.

"다점(茶店)에 들어가 나하고 이야기 좀 합시다."

씨는 아무 말 없이 달음질을 하여 그 집 문으로 쑥 들어섰나이다. 나도 부지불각중 들어섰나이다. 뒤를 따라 방안으로 들어섰나이다. 여편네는 세간 걸레질을 치다가,

"누구요?"

한다. 세 사람은 마주 쳐다보고 앉았다.

"영감을 많이 위해준다니 고맙소. 오늘 내가 여기까지 오려던 것이 아니라 다점에 들어가 이야기를 하겠더니 그냥 오기에 쫓아온 것이오."

"길에서 많이 뵌 것 같은데요."

"그런지도 모르지요."

"내가 오늘 온 것은 이같이 속히 끝날 줄은 몰랐소. 이왕 이렇게 된 이상 나도 살 도리를 차려주어야 할 것 아니오? 그렇지 않으면 나도 이집에서 살겠소. 인사 차리지 못하는 사람에게 인사를 차리겠소?"

씨는 아무 말 없이 나가버렸나이다. 나와 여편네와 담화가 시작되었나이다.

"대체 어떻게 된 일이오?"

"그야 내게 물을 것 무엇 있소. 알뜰한 남편에게 다 들었겠소."

"그래, 그림 그리는 재주가 있으니까 살기야 걱정 없겠지요."

"지팡이 없이 일어서는 장사가 있답디까?"

"나도 팔자가 사나워서 두 계집 노릇도 해보았소마는 어린 것들이 있어 오죽 마음이 상하리까. 어린 것들을 보고 싶을 때는 어느 때든지 보러 오시지요."

"그야 내 마음대로 할 것이오."

"저 남산 꼭대기 소나무가 얼마나 고상해 보이겠소마는 그

꼭대기에 올라가보면 마찬가지로 먼지도 있고 흙도 있을 것이오.”

“그 말씀은 내가 남의 첩으로 있다가 본처로 되어도 일반이겠다는 말씀이지요.”

“그것은 마음대로 해석하구려.”

씨가 다시 들어왔나이다. 세 사람은 다시 주거니 받거니 이야기가 시작되었나이다.

이때 어느 친구가 들어왔나이다. 그는 이번 사건에 화해시키려고 애를 쓴 사람이었나이다.

“무엇들을 그러시오.”

“둘이 번 재산을 나눠 갖자는 말이외다.”

“그 문제는 내게 일임하고 R선생은 나와 같이 나갑시다. 가시지요.”

나는 더 있어야 별 수 없을 듯하여 핑계삼아 일어섰나이다. 씨와 저녁을 먹으며 여러 이야기를 하였나이다.

나는 그 이튿날 동래로 내려갔사외다. 나는 기회를 타서 네 아이를 끼고 바다에 몸을 던질 결심이었나이다. 내 태도가 이상하였는지 시어머니와 시누이는 눈치를 채고 아이들을 끼고 듭니다. 기회를 탈래도 탈 수가 없었나이다. 또다시 짐을 정돈하기 위하여 잠가두었던 장문을 열었나이다. 반이 쑥 들어간 것을 볼 때 깜짝 놀랐나이다.

“이 장문을 누가 곁쇠질(제짝이 아닌 대용 열쇠로 여는 일)을 했어요.”

“나는 모른다. 저번에 아범이 와서 열어보더라.”

“그래, 여기 있던 물건은 다 어쨌어요.”

“안방에 갖다 두었다.”

“그것은 다 이리 내놓으시오.”

여편네들 혀끝에 놀아 잠근 장을 곁쇠질하여 중요 물품을 꺼낸 씨의 심사를 밉다고 할까 분하다고 할까. 나는 마음을 눅여서 생각하였나이다. 역시 몰상식하고 몰인정한 태도이외다. 그만치 그가 쓸데없이 약아지고 그만치 그가 경제상 핍박을 당한 것을 불쌍히 생각하였나이다. 다시 최후의 출가를 결심하고 경성으로 향하였나이다. 황망(荒茫:거칠고 넓음)한 사막에 섰는 외로운 몸이었나이다.

■ 어디로 향할까

모성애를 고수해 보려고 갖은 애를 썼나이다. 이 점으로 보아 양심에 부끄러울 아무 것도 없었나이다.

나는 죽을 수밖에 없는 사람이 되고 말았나이다. 죽는 일은 쉽사외다. 한 번 결심만 하면 뒤는 극락이외다. 그러나 내 사명이 무엇이 있는 것 같사외다. 없는 길을 찾는 것이 내 힘이요 없는 희망을 만드는 것이 내 힘이었나이다.

역경에 처한 자의 요령은 노력이외다. 근면이외다. 번민만

하고 있는 동안은 타임은 가고 그 타임은 절망과 파멸밖에 갖다주는 것이 없나이다. 나는 우선 제전(帝展)에 입선될 희망을 만들었나이다. 그림을 팔고 있는 것을 전당하여 금강산행을 하였나이다. 구 만물상 만상정에서 1삭간 지내는 동안 대소품(大小品) 20개를 얻었나이다. 여기서 우연히 아베 요시에(阿部充家: 1910년대에는 총독부 기관지 경성일보와 매일신보의 사장을 지냈고 1920년대에는 사이토우 총독의 참모로 식민지 조선에 대한 언론 및 문화 정책에 깊숙이 간여했던 인물이다) 씨와 박희도(朴熙道: 1889~1951, 민족대표 33인 중의 한 사람, 뒤에 친일함) 씨를 만났사외다.

"아, 이게 웬일이오."

박희도 씨는 나를 보고 놀랐사외다.

"센세이 고코니 아르상가 오리마스요(선생 여기에 R씨가 있군요)."

아베 씨는 우리 방 문지방에 걸터앉으며 유심히 내 얼굴을 쳐다보았나이다.

"고히토리데(혼자이십니까)?"

"이치닌 모노가 이치닌 데이루노가 아다리마에쟈이리마셍카(혼자 몸이 홀로 있는 게 당연하잖아요)."

"이키마쇼우(갑니다)."

씨는 강한 어조로 동정에 넘치는 말이었사외다.

"아스마데 데키아가루 에가 아리마스카(내일까지 완성될 그림이 있으니 내일 저녁 때 내려가죠)."

"데와 호테루데 맛데이리마스(그럼 호텔에서 기다리죠)."

"나니토소(아무쪼록)."

씨는 한 발을 질질 끌며 의자에 앉았사외다. 타고 다니는 의자에.

"닌겐모 고우닛챠 시마이데스네(인간도 이쯤 되면 끝장이지)."

"센세이 도우 이다시마시테(선생도 별 말씀을)."

그 이튿날 호텔에서 만나도록 이야기하고 금번 압록강 상류 일주 일행 중에 참가되도록 이야기가 진행되었었나이다. 그 이튿날 양씨는 주을(朱乙) 온천으로 가시고 나는 고성 해금강으로 갔었나이다. 고성군수 부인이 동경 유학시 친구이었던 관계상 그의 사택에 가서 성찬(盛饌)으로 잘 놀고 해금강에서 역시 아는 친구를 만나 생복(生鰒)을 많이 얻어 먹었나이다.

북청(北青)으로 가서 일행을 만나 혜산진으로 향하였나이다. 후기령(厚岐嶺) 경색(景色)은 마치 한 폭의 남화(南畵)이었나이다. 일행 중 아베 씨, 박영철(朴榮喆: 1879년 생, 일본 육군 사관학교를 졸업하고 1920년대에 강원도지사와 함경북도지사를 지낸 조선인 출신 최고위 총독부 관료의 한 사람) 씨, 두 분이 계셔서 처처에 환영이며 연회는 성대하였나이다. 신갈포(新乫浦)로 압록강 상류를 일주하는 광경은 형언할 수 없이 좋았었나이다. 일행은 신의주를 거쳐 경성으로 향하고 나는 봉천으로 향하였나이다. 거기서 그림 전람회를 하고 대련(大連)까지 갔다 왔었나이다. 그 길로 동경행을 차렸나이다. 대구서 아베 씨를 만나 경주 구경을 하고, 진영(進永)으로 가서 박간(泊間) 농장을 구경하고 자동차로 통도사, 범어

사를 지나 동래를 거쳐 부산에 도착하여 연락선을 탔나이다.

동경역에는 C가 출영하였었나이다. 그는 의외에 내가 오는 것을 보고 놀랐사외다.

파리에서 그린, 내게는 걸작이라고 할 만한 「정원(庭園)」을 제전에 출품하였었나이다. 하룻 밤은 입선이 되리라 하여 기뻐서 잠을 못 자고 하룻 밤은 낙석이 되리라 하여 걱정이 되어서 잠을 못 잤나이다. 1,224점 중 200점 선출에 입선이 되었었나이다. 너무 기쁨에 넘쳐 전신이 떨렸사외다. 신문 사진반은 밤중에 문을 두드리고 라디오로 방송이 되고 한 뉴스가 되어 동경 일판을 뒤떨들었사외다. 이로 인하여 나는 면목이 섰고 내 일신의 생계가 생겼나이다. 사람은 남자나 여자나 다 힘을 가지고 납니다. 그 힘을 사람은 어느 시기에 가서 자각합니다. 아무라도 한 번이나 두 번은 다 자기 힘을 자각합니다. 나는 평생 처음으로 자기 힘을 의식하였나이다. 그때에 나는 퍽 행복스러웠사외다. 아, 아베 씨는 내가 갱생하는 데 은인이외다. 정신상으로나 물질상 얼마나 힘을 써 주었지 그 은혜를 잊을 길이 없사외다.

■ 모성애

기백만 인(人) 여성이 기천 년 전 옛날부터 자식을 낳아 길렀다. 이와 동시에 본능적으로 맹목적으로 육체와 영혼을 무조건으로 자식을 위하여 바쳐왔나이다. 이는 여성으로 날 때부터 가지고 나온 한 도덕이었고 한 의무이었고 이보다 이상되는 천직이 없었나이다. 그러므로 연인의 사랑, 친구의 사랑은 상대적이요, 보수(報酬)적이나, 어머니가 자식을 사랑하는 것만은 절대적이요, 무보수적이요, 희생적이외다. 그리하여 최고 존귀한 것은 모성애가 되고 말았사외다. 많은 여성은 자기가 가진 이 모성애로 인하여 얼마나 만족을 느꼈으며 행복스러웠는지 모릅니다. 그러나 때로는 이 모성애에 얽매어 하고 싶은 것을 하지 못하고 비참한 운명 속에서 울고 있는 여성도 불소하외다. 그러면 이 모성애는 여성에게 최고 행복인 동시에 최고 불행한 것이 되고 말았습니다. 여자가 자기 개성을 잊고 살 때, 모든 생활 보장을 남자에게 받을 때 무한히 편하였고 행복스러웠나이다마는, 여자도 인권을 주장하고 개성을 발휘하려고 하며, 남자만 믿고 있지 못할 생활전선에 나서게 된 금일에는 무한히 고통이요, 불행을 느낄 때도 있는 것이외다.

나는 어느덧 네 아이의 어머니가 되고 말아쌌외다. 그러나 내가 애를 쓰고 아이를 배고, 아이를 낳고, 아이를 젖 먹여 기르는 것은 큰 사실이외다. 내가 「모(母)」된 감상기(感想記) 중에 "자식의 의미는 단수에 있는 것이 아니라 복수에 있다"고 하였사외다. 과연 하나 기르고 둘 기르는 동안 지금까지의 애인에게서나 친구에게서 맛보지 못하는 애정을 느끼게 되

었었나이다. 구미 만유하고 온 후로는 자식에게 대한 이상이
서있게 되었었나이다. 아이들의 개성이 눈에 뜨이고 그들의
앞길을 지도할 자신이 생겼었나이다. 그리하여 나는 그들을
길러보려고 얼마나 애쓰고 굴복하고 사죄하고 화해를 요구
하였는지 모릅니다. 그러나 모든 것이 무용지물이 되고 말았
구려.

■ **금욕생활**

야반(夜半:한밤중)에 눈이 뜨이면 허공의 구석으로부터 일진의
바람이 어디선지 모르게 불어 들어옵니다. 그때 고적(孤寂)이
가슴속에 퍼지는 것을 깨닫습니다. 지금까지 내가 느끼는 고
적은 아픈 것은 있었으나 해될 것은 없었습니다. 지금 느끼
는 고적은 독초 가시에 찔리는 자국의 아픔을 깨달았습니다.
어디로부터 와서 어디로 가는지 모르는 가운데서 무엇을 하
든지 그 뒤는 고적합니다.

나는 소위 정조를 고수한다는 것보다 재혼하기까지는 중
심을 잃지 말자는 것이외다. 즉 내 마음 하나를 잊지 말자는
것이외다. 나는 이미 중실(中實)을 잃은 사람이 되고 말았습니
다. 이에 중심까지 잃는 날은 내 전정은 파멸이외다. 오직 중
심 하나를 붙잡기 위하여 절대 금욕생활을 하여왔사외다.

남녀를 물론하고 임신 시기에 있어는 금욕생활이 용이한

일이 아니외다. 나도 이때만은 태몽을 꾸면서 고통으로 지냈나이다.

나는 처녀와 같고 과부와 같은 심리를 가질 때가 종종 있나이다. 그리고 독신자에게는 이러한 경구가 있는 것을 잊어서는 아니됩니다. "모든 사람에게 허락할까, 한 사람에게도 허락지 말까."

이성(異性)의 사랑은 무섭다. 사람의 정열이 무한히 올라가는 것이 아니라 한란계의 수은이 백 도까지 올라갔다가 도로 저하하듯이 사랑의 초점을 백 도라 치면 그 이상 올라가지 못하고 저하하는 것이외다. 그리하여 열정이 고상할 시(時)는 상대자의 행동이 미화(美化), 선화(善化)하나, 저하할 시는 여지 없이 추화(醜化) 악화(惡化)해지는 것이외다. 나는 이것을 잘 압니다. 그리하여 사랑이 움돋을만 하면 딱 부질러 버립니다. 나는 그 저하한 뒤 고적을 무서워함입니다. 싫어함입니다. 이번이야말로 다시 이런 상처를 받게 되는 날은 갈 곳없이 사지(死地)로 밖에 돌아갈 길이 없는 까닭입니다. 아, 무서운 것!

적막한 것이 사람입니다. 그러므로 사람은 살아있는 것이 무의미로 생각하기에는 너무 깊은 감각을 주는 것을 알 수 있습니다. 어디 굴리든지 어떻게 하든지 거기까지 가는 사람은 은택입은 사람입니다. 적막에서 돌아오는 그것이 우리의 희망일는지 모릅니다.

아, 사람은 혼자 살기에는 너무 작습니다. 타임의 1일은 짧으나 그 타임의 계속한 1년이나 2년은 깁니다.

■ 이혼 후 소감

나는 사람으로 태어난 것을 후회합니다. 나는 사람으로 태어나고 싶어 태어난 것이 아니라, 사람이 어떠한 것인지 이 세상이 어떠한 곳인지 모르고 태어난 것 같사외다. 이 인생됨이 더 추하고 비참한 것이요, 더 절망적으로 되었다 하더라도 나는 원망치 아니합니다. 지금 나는 죽어도 살아도 똑같다고 생각합니다. 죽음은 무서운 것이외다. 그럴 때마다 자기를 참으로 살렸는지 아니하였는지 봅니다. 나는 자기를 참으로 살릴 때는 죽음이 무섭지 않사외다. 다만 자기를 다 살리지 못하였을 때 죽음이 무섭습니다. 그런고로 죽음의 공포를 깨달을 때마다 자기의 부덕함을 통절히 느낍니다.

나는 자기를 천박하게 만들고 싶지 않은 동시에 타인을 원망하기 전에 자기를 반성하고 싶습니다. 자기 내심에 천박한 마음이 생기는 것을 알고 고치지 않고는 있지 못하는 사람은 인류의 보물이외다. 이러한 사람은 벌써 자기 마음속에 있는 잡초를 잊고 좋은 씨를 이르는 곳마다 펼치어 사람 마음의 양식이 되는 자외다. 즉 공자나 석가나 예수와 같은 사람이외다. 태양은 만물을 뜨겁게 아니하려도 자연 덥게 만듭니다. 아무런 것이 오더라도 그것을 비추는 재료로 화해 버립니다.

바다는 아무리 더러운 것이 뜨더라도 자체를 더럽히지 않습니다.

모든 사람의 경우와 처지를 생각해보자 그때 거기에서 자기를 찾습니다. 사랑을 깨닫습니다. 그러므로 자기가 요구하는 사람을 먼저 자기를 만들 것입니다. 사람은 자기 내심의 자기도 모르는 정말 자기를 가지고 있습니다. 보이지도 알지도 못하는 자기를 찾아내는 것이 사람 일생의 일거립니다. 즉 자아발견이외다.

사람은 쓸데없는 격식과 세간의 체면과 반쯤 아는 학문의 속박을 많이 받습니다. 있으면 있을수록 더 가지고 싶은 것이 돈이외다. 높으면 높을수록 더 높아지고자 하는 것이 지위외다. 가지면 가지니 만치 음기(陰氣)로 되는 것이 학문이외다. 사람의 행복은 부(富)를 득(得)한 때도 아니요, 이름을 얻은 때도 아니요, 어떤 일에 일념(一念)이 되었을 때외다. 일념이 된 순간에 사람은 전신(全身) 세청(洗淸: 깨끗이 씻음)한 행복을 깨닫습니다. 즉 예술적 기분을 깨닫는 때외다.

인생은 고통, 그것일는지 모릅니다. 고통은 인생의 사실이외다. 인생의 운명은 고통이외다. 일생을 두고 고병(苦病)을 깊이 맛보는 데 있습니다. 그리하여 이 고통을 명확히 사람에게 알리는 데 있습니다. 범인은 고통의 지배를 받고, 천재는 죽음을 가지고 고통을 이겨내어 영광과 권위를 취해낼만한 살 방침을 차립니다. 이는 고통과 쾌락 이상 자기에게 사명이 있는 까닭이외다. 그리하여 최후는 고통 이상의 것을 만들고 맙니다.

번뇌 중에서도 일의 시초를 지어 잊는다.

내 갈 길은 내가 찾아 얻어야 한다.

사람은 누구든지 자기 운명이 어찌될지 모릅니다. 속 마디를 지은 운명이 있습니다. 끊을 수 없는 운명의 철쇄(鐵鎖)이외다. 그러나 너무 비참한 운명은 왕왕 약한 사람으로 하여금 반역(叛逆)케 합니다. 나는 거의 재기할 기분이 없을 만치 때리고 욕하고 저주함을 받게 되었습니다. 그러나 나는 필경은 같은 운명의 줄에 얽히어 없어질지라도 필사의 쟁투에 끌리고 애태우고 괴로워하면서 재기하려 합니다.

■ 조선 사회의 인심

우리가 구미만유하기까지 그다지 심하지 아니하였다마는 갔다와서 보니 전에 비하여 일반 레벨이 훨씬 높아진 것이 완연히 눈에 띄었습니다. 그리하여 유식계급이 많아진 동시에 생존경쟁이 우심(尤甚)하여졌습니다. 생활전선에 선 이천만 민중은 저축 없고 직업 없고 실력 없이 살 길에 헤매어, 할 수 없이 오사카로, 만주로 남부여대하여 가는 자가 불소(不少)하외다. 과연 조선도 이제는 돈이 있든지 실력, 즉 재주가 있든지 하여야만 살게 되었사외다.

사상상으로 보면 국제적 인물이 통행하는 관계상 각 방면의 주의(主義) 사상(思想)이 수입하게 됩니다. 이에 좁게 알고 널리 보지 못한 사람으로 그 요령을 취득하기에 방황하는 것은 당연한 이치입니다. 비빔밥을 그냥 먹을 뿐이요, 그 중에서 맛을 취할 줄 모르는 것이 대부분입니다. 그러므로 오늘은 이 주의에서 놀다가 내일은 저 주의에서 놀게 되고, 오늘은 이 사람과 친했다가 내일은 저 사람과 친하게 됩니다. 일정한 주의가 확립치 못하고 고립(固立)한 인생관이 서지를 못하여 바람에 날리는 갈대와 같은 시일을 보내고 맙니다. 이는 대개 정치 방면에 길이 막히고 경제에 얽매어 자기 마음을 자기가 마음대로 가질 수 없는 관계도 있겠지만 너무 산만적이 되고 말았나이다.

조선의 유식계급 남자 사회는 불쌍합니다. 제일 무대인 정치 방면에 길이 막히고, 배우고 쌓은 학문은 용도가 없어지고, 이 이론 저 이론 말해야 이해해 줄 사회가 못되고, 그나마 사랑에나 살아볼까 하나 가족제도에 얽매인 가정 몰이해한 처자로 하여 눈살이 찌푸려지고 생활이 산산스러울 뿐입니다. 애매한 요릿집에나 출입하며 죄 없는 술에 투정을 다 하고 몰상식한 기생을 품고 즐기나 그도 역시 만족을 주지 못합니다. 이리 가보면 나을까 저 사람을 만나면 나을까 하나 남은 것은 오직 고적뿐입니다.

유식계급 여자, 즉 신여성도 불쌍하외다. 아직도 봉건시대

가족제도 밑에서 자라나고 시집가고 살림하는 그들의 내용의 복잡이란 말할 수 없이 난국이외다. 반쯤 아는 학문이 신구식의 조화를 잃게 할 뿐이요, 음기를 돋을 뿐이외다. 그래도 그대들은 대학에서 전문에서 인생 철학을 배우고 서양에나 동경에서 그들의 가정을 구경하지 아니 하였는가. 마음과 뜻은 하늘에 있고 몸과 일은 땅에 있는 것이 아닌가. 달콤한 사랑으로 결혼하였으나 너는 너요 나는 나대로 놀게 되니 사는 아무 의미가 없어지고 아침부터 저녁까지 반찬 걱정만 하게 되는 것이 아닌가. 급기 신경과민, 신경쇠약에 걸려 독신 여자를 부러워하고 독신주의를 주장하는 것이 아닌가. 여성을 보통 약자라 하나 결국 강자이며, 여성을 작다 하나 위대한 것은 여성이외다. 행복은 모든 것을 지배할 수 있는 그 능력에 있는 것이외다. 가정을 지배하고 남편을 지배하고 자식을 지배한 나머지에 사회까지 지배하소서. 최후 승리는 여성에게 있는 것이 아닌가.

조선 남성 심사는 이상하외다. 자기는 정조 관념이 없으면서 처에게나 일반 여성에게 정조를 요구하고 또 남의 정조를 빼앗으려고 합니다. 서양에나 동경 사람쯤 하더라도 내가 정조 관념이 없으면 남의 정조 관념이 없는 것을 이해하고 존경합니다. 남의 정조를 유인하는 이상 그 정조를 고수하도록 애호해주는 것도 보통 인정이 아닌가. 종종 방종한 여성이 있다면 자기가 직접 쾌락을 맛보면서 간접으로 말살시키고 저작(咀嚼)시키는 일이 불소하외다. 이 어이한 미개명의 부도덕이냐.

조선 일반 인심은 과도기인 만치 탁 터 나가지를 못하면서 내심으로는 그런 것을 요구합니다. 경제에 얽매여 움치고 뛸 수 없으니 지글지글 끓는 감정을 풀 곳이 없다가 누가 앞을 서는 사람이 있으면 가부를 막론하고 비난하며, 그들에게 확실한 인생관이 없는 만치 사물에 해결이 없으며, 동정과 이해가 없이 형세 닿는 대로 이리 긋기고 저리 긋기게 됩니다. 무슨 방침을 세워서라도 구해줄 생각은 소호(小毫)도 없이 마치 연극이나 활동사진 구경하듯이 재미스러워하고 비소(鼻笑)하고 질타하여 일껏 선안(先眼)에 착심(着心: 마음을 둠)하였던 유망한 청년으로 하여금 위축을 불구자를 만드는 것 아닌가. 보라 구미 각국에서는 돌비한 행동하는 자를 유행을 삼아 그것을 장려하고 그것을 인재라 하며 그것을 천재라 하지 않는가. 그러므로 앞을 다투어 창작물을 내나니, 이러므로 일진월보(日進月步)의 사회의 진보가 보이지 않는가. 조선은 어떠한가? 조금만 변한 행동을 하면 곧 말살시켜 재기치 못하게 하나니 고금의 예를 보아라. 천재는 당시 풍속 습관의 만족을 갖지 못할 뿐 아니라 차대(次代)를 추측할 수 있고 창작해낼 수 있나니 변동이 행하는 자를 어찌 경솔히 볼까보냐. 가공(可恐)할 것은 천재의 싹을 분질러놓는 것이외다. 그러므로 조선 사회에는 금후로는 제1선에 나서 활동하는 사람도 필요하거니와 제2선, 제3선에 처하여 유망한 청년으로 역경에 처하였을 때 그 길을 틔워주는 원조자가 있어야 할 것이요, 사물의 원인 동기를 심찰하여 쓸데없는 도덕과 법률로써 재판하여 큰 죄인을 만들지 않는 이해자가 있어야 할 것입니다.

■ 청구 씨에게

씨여, 이만하면 떨어져 있는 동안 내 생각을 알겠고 변동된 내 생활을 알겠사외다. 그러니 여보셔요, 아직까지도 나는 내게 적당한 행복 된 길이 어디 있는지를 찾지 못하였어요. 씨와 동거하면서 때때로 의사(意思) 충돌을 하며 아이들과 살림살이에 엄벙덤벙 시일을 보내는 것이 행복스러웠을는지, 또는 방랑생활로 나서 스케치 박스를 메고 캔버스에 그림 그리고 다니는 이 생활이 행복스러울지 모르겠소. 그러나 인생은 가정만도 인생이 아니요, 예술만도 인생이 아니외다. 이것저것 합한 것이 인생이외다. 마치 수소와 산소와 합한 것이 물인 것과 같이. 여보셔요, 내 주의는 이러해요. 사람 중에는 보통으로 사는 사람과 보통 이상으로 사는 사람이 있다고 봅시다. 그러면 그 보통 이상으로 사는 사람은 보통사람 이상의 정력과 개성을 가진 자외다. 더구나 근대인의 이상은 남의 하는 일을 다하고 남는 정력으로 자기 가진 자외다. 더구나 근대인의 이상은 남의 하는 일을 다하고 남는 정력으로 자기 개성을 발휘하는 것이 가장 최고 이상일 것이외다. 그는 이론뿐이 아니라 실례(實例)가 많으니 위인 걸사(傑士)들의 생활은 그러하외다. 즉 수신(修身) 제가(齊家), 치국(治國) 평천하(平天下)가 고금(古今)이 다를 것 없나이다. 나는 이러한 이상을 가지고 10년 가정 생활에 내 일을 계속해왔고 자금(自今)으로도 실행할 자신이 있던 것이외다. 그러므로 부분적이 내 생활행복이 될 리 만무하고, 종합적이라야 정말 내가 요구하는 행복의 길일 것이외다. 이 이상을 파괴케 됨은 어찌 유감이 아니리까.

감정의 순환기가 10년이라 하면, 싫었던 사람이 좋아도 지고 좋았던 사람이 싫어도 지며, 친했던 사람이 멀어도 지고 멀었던 사람이 친해도 지며, 선한 사람이 악해도 지고 악했던 사람이 선해도 지나이다. 씨의 10년 후 감정은 어떻게 될까. 이상에도 말하였거니와 부부는 세 시기를 지나야 정말 부부생활의 의미가 있다고 하였습니다. 나는 이미 그대의 장처 단처를 다 알고 씨는 나의 장처 단처를 다 아는 이상 상호 보조하여 살아갈 우리가 아니었던가.

하여간 이상 몇 가지 주의(主義)로 이혼은 내 본의가 아니요, 씨의 강청(强請)이었나이다. 나는 무저항적으로 양보한 것이니 천만 번 생각해도 우리 처지로 우리 인격을 통일치 못하고 우리 생활을 통일치 못한 것은 부끄러운 일입니다.

아울러 바라는 바는 80 노모(老母)의 여생을 편하게 하고, 네

아이의 양육을 충분히 주의해 주시고 나머지는 씨의 건강을
바라나이다.

1934년 8월

『三千里』(1934. 8~9)

나혜석이 사랑한 남자

나혜석은 진정 누구를 사랑했나!

나혜석에게는 네 명의 남성이 사랑의 범주 안으로 들어왔
다. 소월 최승구, 이광수, 김우영, 최린. 그 사랑의 명분 혹은
진위를 따라가 보자. 나혜석의 사랑 규명은 윤범모와 정규웅
과 이상경의 글을 토대로 추적해 감을 미리 밝힌다.

1) 첫사랑이여, 영원하라 - 최승구

나혜석의 첫사랑, 첫 남자는 요절한 소월 최승구이다. 나혜
석이 도쿄유학시절 만난 최승구(1892~1916)는 보성중학교를 거
쳐 도쿄 게이오 대학에서 수학한 유학청년이다. 최승구는 나
혜석의 첫 남자라는 이유보다 우리 국문학사에서 더 잘 알려

진 인물이다. 그는 문학적 재능을 가진 자로서, 유학시절 유
학생들의 학우회 기관지인 『학지광』의 편집을 맡기도 했으
며, 살아 있을 동안 많은 글을 남기기도 하였다. 최승구는 『
학지광』에 혁명적인 글을 자주 실었다. 특히 식민지 해방과
계급해방을 언급했으며 농촌 자립의 절실함을 강조하였다.

　최승구의 대표 시 「벨지엄의 용사」(소월, 『학지광』 4호, 1915)를
감상하여보자.

　　　　　산악이라도 뻐개지는
　　　　　대포의 탄알에
　　　　　너의 아기씨는
　　　　　벌써 쇄골이 되었고

　　　　　야수보다도 포악한
　　　　　게르만의 전사에게
　　　　　너의 애처는
　　　　　치욕으로 죽었다.

　　　　　이제는 사랑하던
　　　　　가족도 없어졌고
　　　　　너조차 도망할
　　　　　길을 잃어버렸다.

　　　　　배불러도 더 찾는
　　　　　욕심꾸러기에게
　　　　　너의 재산을
　　　　　다 바쳐도 부족이다.

　　　　　정의가 없어졌거든

평화가 있을게냐
다만 저들의
꿈속의 농담이다.

너, 자아 이외에는
야심 많은 적뿐이요
패배는 너의 정부
약한 까닭뿐이다.

벨지엄의 용사여!
최후까지 싸울 뿐이다!
너의 입에
부러진 창이 그저 있다.

벨지엄의 용사여!
벨지엄은 너의 것이다!
네 것이면/꽉 잡아라!

벨지엄의 용사여!
너의 뼈대는 너의 것이다!
너, 인생이면
권위를 드러내거라!

벨지엄의 용사여!
창구를 부둥키고 일어나거라!
너의 피 고이는 곳에
벨지엄의 자손 불어나리라.

벨지엄의 히로여!
너의 몸 쓰러지는 곳에
거 누구가 월계관을
들고 섰을이라.

소월, 『벨지엄의 용사』

위 시는 게르만의 침략을 당한 벨지엄의 용사에게 용기를 불어넣어 주는 시이지만, 실상은 우리의 식민지 상황을 연상케 한다. 최승구의 이러한 민족의식에 입각한 시는 나혜석의 민족의식과도 긴밀한 연관이 있다. 최승구가 죽기 1년 전에 쓴 위 시는 피압박 민족의 처지, 우리의 처지를 잘 표현한 시이다. 그리고 이 시를 일본 유학시절에, 일본 유학생들의 기관지인 『학지광』에 실은 것을 볼 때, 그의 민족주의 의식을 가히 짐작할 수 있겠다. 최승구의 마지막 발표작 「긴숙시」(『근대사조』 1916.1)을 더 감상해 보자.

"저의 보는 바 지금의 사막은 전의 사막이 아니다. 전에는 옥토였었다. 광명이 찬란하던 붉은 토지였었다. 지금의 사막은 본래의 옥토였었다.

한것이려니 맹렬한 광풍에 당하여 지금에 있는 독기 있는 모래로 덮였다. 북으로부터는 고비의 모래가 삭풍에 몰리어 남으로부터는 사하라의 모래가 쌓이어 왔음이다. 허나 그 심도는 한 길에 불과하다. 그 밑은 옥토다.

옥토는 의연히 전개하였다. 영원한 옥토가 꽃 뿌리와 향기와 원천도 그대로 사려 있고 맑은 물살은 그대로 스며 흐른다. 한 길의 모래만 파서 헤치면 그리워하는 영원한 옥토가 거기서 드러날 것이다.

저는 또 부르짖는다. '너희들이여! 파거라. 그 독기 있는 모래를 파거라. 헤치거라. 그 모래를 헤치거라. 너희들의 뜨거운 눈물과 짜거운 땀과 보배로운 피를 짜내서 그 모래를 적시어라. 파거라. 헤치거라.

하면 너희들의 주인 영원한 옥토가 보일 것이다. 너희들이 좋아하는 새 싹이 나올 것이다. 맑은 샘물이 솟을 것이다. 오 그대여, 저희들에게 능력을 주거라. 마음을 굳게 하여라'고."

－최승구, 『긴숙시』

위 시는 기름진 옥토가 광풍에 휩쓸려 사막으로 변해 황폐화한 고향의 비참한 처지를 시화한 것이다. 즉 식민지하 조국의 황폐함을 은유한 것이다. 1910년대 나라를 잃은 설움에 앞서 동녘 새벽빛을 기대한다는 최승구의 민족의식이 단연 돋보이는 작품이다. 그러나 그의 마지막 시라는 점이 아쉬울 뿐이다.

이와 같이 민족의식과 문학적 감각을 동시에 갖고 있었던 최승구를 사랑한 나혜석, 나혜석을 사랑한 최승구의 사이는 각별하고 비극적이었다. 최승구는 나혜석의 오빠, 나경석의 절친한 친구이다. 나혜석의 행로에서 오빠 나경석을 빼놓고는 생각할 수 없는데, 그 나경석의 절친한 친구이니 나혜석과 최승구의 만남은 자연스러울 수밖에 없다.

그런데 문제는 최승구는 이미 결혼한 기혼자였다는 것이다. 당대 지식인들이 대부분 그랬던 것처럼 조혼을 했던 것이다. 양가 부모님에 의해 조혼을 한 상태, 그러나 그가 사랑한 여자는 나혜석 …… 이것이 바로 사랑을 불꽃으로, 비극으로 이끄는 전제 조건이 아니면 무엇이랴. 최승구의 고향 어른들께서는 소실을 들이는 것은 무방하나 이혼은 안 된다고 강력하게 반대하셨다. 그럼에도 불구하고 최승구는 나혜석과 결혼을 전제로 만났다. 이러한 난항 속에서도 사랑을 이어가고 있었는데 결정적인 위기가 다가왔다. 그것은 바로 최승구의 폐결핵이다.

최승구는 형 최승칠이 군수로 재직하던 전남 고흥군의 관
사에서 요양생활을 시작하였다. 그의 동생 최승만의 증언은
다음과 같다.

> 병이 악화된 원인으로는 두 가지 이유가 있는 줄로 안다. 하나는
> 학비가 넉넉지 못하여 늘 불안 중에 지냈던 것이요. 또 하나는 결혼
> 문제로 늘 걱정이 많았던 것으로 생각한다.

최승구의 건강 악화 원인 중의 하나는 결혼문제, 이는 바
로 나혜석의 문제이다. 최승구는 나혜석과 결혼하고 싶으나,
현재 자신은 조혼한 여인이 있는 상태였다. 비록 사랑하거나
잠자리를 즐겨하지 않았을지라도 부인이라는 명분으로 있는
충주댁이 존재했다.

> 중학교를 졸업한 후 즉시 충주 색시와 결혼했다. 그때의 일이라
> 물론 자기의 의사대로 된 결혼이 아니요, 부형들의 의향에 쫓아 이루
> 어진 혼인이다. 나도 혼인 때 보았지마는 승구 형님의 마음에 들기는
> 어려웠을 것이다. 신부는 몸도 너무 크고 얼굴도 몹시 커서 날씬한
> 미남인 승구 형님으로서는 마음에 들 리가 없을 것이다. 식만 올렸
> 을 뿐 몇 해를 신부 방에 들어가 본 일이 없었으니 부부라 할 수 없
> 을 것이다.

이처럼 최승구의 결혼은 양가에 의한 조혼이자, 최승구의
사랑조건에는 거리가 있었던 것이다. 그런데 그의 사랑에 합
당한 나혜석이 나타났으니 최승구의 열애와 고민은 중첩되

었던 것이다.

형님은 곱게 생긴 얼굴에 재주도 많았다. 한문 실력, 글씨 잘 쓰
는 것, 여성들의 흠모의 대상이 아니 될 수 없었다. 많은 로맨스가
있었지마는 나중에 나혜석양과는 끊을 수 없는 연정을 갖게 된 모양
이다. 그러나 우리 아버지는 차라리 소실을 둔다는 것은 무방하나 남
의 처녀를 데려다가 일생을 박대한다는 것은 불가하다는 것이니 하
물며 이혼이란 말은 낼 수가 없었다. 마음은 상할 것이요, 병은 더
깊어갔을 것이다.

결국 최승구에게 있어서 나혜석은 소실감밖에 될 수가 없
는 처지이니, 이는 가당치 않은 일이었던 것이다. 나혜석과
이미 혼약을 한 상태였고, 전처와는 문제 해결이 되지 않은
상태에 놓여 있었던 것이다. 그러는 사이에 최승구의 건강은
날로 악화되었던 것이다.

나혜석은 일본 유학 도중 요양생활 중인 최승구를 찾아가
게 된다. 그런데 이는 참으로 묘한 악연일까. 나혜석의 방문
다음 날 최승구가 세상을 등지고 만다. 최승만의 증언을 들
어보자.

그런데 별안간 웬 일본 옷 입은 젊은 색시가 문간에 왔다는 말을
내게 전하는 사람이 있었다. 내가 즉시 나가보니 형님이 그리워하는
나혜석양이 아닌가. 애인의 병을 간호하기 위하여 이곳에 온 것으로
알았다. 일본 도쿄서 재학중에도 불구하고 일부러 찾아온 모양이다.
나는 말만 들었지 만나보기는 처음이었다. 미인형은 아니나 수수하
게 차리고 아무 화장도 하지 않은 얼굴이 퍽 좋게 보였다. 나 역시

반가이 맞았다. 형님의 건강이 회복된다면 형수가 되겠는데, 이렇게 된다면 얼마나 좋을까, 하는 생각도 갖게 되었었다. 그러나 이것은 도저히 어려운 일이 아닐까 하였다. 병세로 보아 소망이 있을 것 같지가 않았기 때문이다.(……) 하여간 나는 나양을 형님이 누워 계신 방으로 인도한 후 이어 안채로 피하고 말았다. 두 분이 무슨 얘기를 했는지 알지 못하였다. 한나절 있다가, 그러니까 아침에 왔다가 저녁 때 다시 떠났다. 자기 집으로 갔는지 도쿄로 갔는지 알 수 없었다. 나양이 떠난 후 다음 날인 듯(……)

1916년 4월, 최승구는 세상을 떠나고 말았다. 그토록 사랑했던 나혜석의 방문 다음 날 말이다. 이는 나혜석에게는 잊을 수 없는 시련으로 남을 수밖에 없다. 나혜석은 이러한 가슴 비통한 사랑의 결말 때문에 최승구의 무덤으로 신혼여행을 떠났다. 나혜석은 최승구의 사망 1년 뒤 소설형식으로 「회생한 손녀에게」라는 글을 집필하였는데, 이 작품에서 자신의 심정을 밝힌다.

내가 주야로 마음이 아파서 애를 쓰고 가슴을 치며 후회한 것은 '내가 왜 그 친구를 위하여 공부를 폐지하고 철야하여 간호를 못하였던구' 함이었다. '내 정성을 다하여 그 친구에게 위안을 주었더라면 그는 결코 죽지 않았으리라' 함이었다. 내가 곤히 자다가도 깜짝 놀라 깨면 먼저 내 뇌를 때리며 내 살을 찌르는 것은 내게 이러한 유한이 있음이었다. 그러나 그 친구는 벌써 나와는 딴 세계 사람이라. 내가 아무리 안아 보고 싶어도 안을 수도 없고, 만지고 싶어도 만질 수도 없다.

또한 나혜석은 김우영과 이혼 후 독거 생활 중, 최승구에 대한 추억을 다음과 같이 토로한다.

> 슬퍼. 아아. 슬퍼. 해가 가고 날이 가니 슬픈가. 그 얼굴 그 몸이
> 재 되고 물 되어 가는 것이 슬픈가. 그 세계와 내 세계의 거리가 멀
> 리 갈수록 그는 점점 냉정해가고 나는 점점 열중해가는 것이 슬프
> 다.(……)
> 아, 그는 나를 버리고 갔다. 그가 내게 모든 풍파를 안겨주고 멀
> 리 멀리 가버린 때가 이 봄밤이다. 내 몸은 사시나무 떨리듯 떨린
> 다.(……) 아아! 소월아! 소월아!

거의 절규에 가까운 소리이다. 먼저 간 첫사랑에 대한 절
규, 그것이 바로 나혜석과 최승구와의 사랑이었다.

2) 믿지 못할 그이 - 이광수

첫사랑 최승구를 떠나보내고 나혜석은 심신이 고단했었다.
그 사이에 한 남자, 춘원 이광수가 다가왔다. 이광수는 당시
소문난 천재, 유명한 문사, 미남으로 유학생들 사이에서 인기
가 좋았다. 그러한 이광수가 조선여자유학생친목회에 전영택
과 함께 고문으로 참여하게 된 것이 사건의 시작이다. 이 친
목회의 여성회원 가운데 나혜석과 허영숙이 있었기 때문이다.
여성들 사이에서의 인기 있는 이광수, 세련되고 재치 있는
나혜석 사이에는 소문이 형성되고 있었다. 화가 이종우의 증

언에 의하면 그들은 보통 사이가 아니었다는 것이다.

> 그때 그의 마음은 다정다감한 문학청년이요, 페미니스트로 유명한 춘원에게로 쏠려 있었다. 연애의 소질을 남달리 타고난 두 남녀는 아무것도 거리낄 게 없었다.(중략) 나여사는 키도 보통이고 미모가 아니다. 다만 세련된 자태요, 재기가 넘치는 얼굴이다. 성격이 활발하기는 당시의 다른 여성들이 흉내를 못 낼 정도, 아주 툭 튀어 있어서 남자들과 대면에 구애받는 것을 못 보았다. 남이 어떻게 생각하든 자기가 하고 싶은 말을 털어놓고 마는 성미였다.

이처럼 미남의 문학청년과 세련된 화가 지망생의 만남은 자연스러웠던 것이다. 그런데 문제는 미남의 문학청년 이광수가 나혜석만 만난 것이 아니었다는 것이다. 그는 허영숙과도 친밀한 관계를 가지고 있었다. 나혜석에게는 수요일과 금요일에만 찾아오라고 하고, 허영숙에게는 화요일과 목요일에만 오라고 하여 두 사람을 모두 만나고 있었다. 그러다 이광수는 허영숙에게 이를 들키고 말았다. 허영숙이 노발대발하자 이광수는 나혜석에게 단념하기를 바라는 마음을 전하였던 것이다. 여기에 결정적인 역할을 한 것은 이광수의 결핵이었다. 이광수가 병을 얻자 의학공부를 하던 허영숙이 성의를 다하여 병을 고쳐 주었다. 허영숙과 나혜석은 어렸을 때부터 벗이었기에 나혜석은 울면서 단념했다고 한다.

이광수는 나혜석의 오빠 나경석과 친한 친구사이였다. 물론 최승구와도 친한 친구 사이였다. 이러한 이광수를 마음에 두고 있었던 나혜석이었다. 전 애인의 절친한 친구, 오빠의 절친한 친구 …… 구조가 단조롭지 않은 관계이다. 그런데 더 복잡한 것은 이광수와 허영숙을 소개한 사람이 또한 나혜석이라는 것이다. 나혜숙의 소개로 허영숙은 이광수의 하숙집에서 첫 대면을 하였던 것이다.

3) 결혼 그리고 이혼의 운명 – 김우영

나혜석의 운명은 왜 그리도 복잡한지 그녀가 만난 세 번째 남자 역시 오빠 나경석의 절친한 친구이다. 다시 말해서 이 또한 첫사랑 최승구와 안면이 있는 관계라는 것이다. 나혜석이 나경석의 그늘을 벗어나지 못한 사랑을 했다면, 그것은 다시 말해서 최승구를 벗어나지 못한 사랑을 한 것이라 말할 수 있다.

김우영은 조혼한 부인과 사별한 뒤 3년여 홀로 지내고 있었다. 나혜석이 일본 유학 중일 때 김우영도 교토제국대학 법과대학에 재학 중이었다. 나혜석과 김우영이 본격적으로 만나게 된 것은 최승구가 사망한 해의 여름방학 무렵이다. 최승구의 사망 이후 나혜석은 심신의 상처가 깊어 쇠경쇠약에 걸려 있었다. 그 당시 오빠 나경석의 소개로 김우영을 만나게 되었다. 나혜석은 오랜 시간 후에 김우영의 청혼을 받

세계 일주 앞둔 나혜석과 김우영

나혜석과 김우영의 결혼식 신문광고

나혜석의 결혼식 광경

아들이고 결혼하게 되었다. 그런데 나혜석은 여전히 당대 큰 이슈를 만들어 내었다. 나혜석과 김우영의 결혼식 청첩장이 신문 광고에 나왔다. 당대로선 대단히 놀랄 일이었다.

김우영은 나혜석의 돌발적인 조건들을 흔쾌히 들어주었다. 더 나아가 김우영은 나혜석의 다음과 같은 것을 제안을 받아들였다.

> 일생을 두고 지금과 같이 나를 사랑해 주시오.
> 그림 그리는 것을 방해하지 마시오.
> 시어머니와 전실 딸과는 별거케 하여주시오.

이뿐만 아니라 신혼여행으로 궁촌벽산에 있는 죽은 애인의 묘를 찾아가자고 하였다. 이에 김우영은 최승구의 묘에 찾아갈 뿐만 아니라 석비까지 세워주었다. 이로써 나혜석은 김우영이 자신을 전 생명으로 사랑한 것으로 생각하였다.

먼저 '일생을 두고 사랑하는 것', 이것은 어쩌면 당연한 이야기이다. 이는 이광수를 무의식중에 염두에 둔 것인지, 자신이 재취임을 극복하기 위한 것인지도 모르겠다. '그림을 그리는 것을 방해하지 말아 달라'는 것은 나혜석의 작가의식, 예술가적인 면모와 주체로서의 여성이기를 원하는 세계관의 반영이라 하겠다. 당시로써는 이러한 요구는 흔한 것은 아니기에 세간에 주목이 될 만한 것이었다. 마지막으로 '시어머니와 전실 딸과는 별거케 해달라'는 것은 그간 유교적인 세계관에서는 이해할 수 없는 일이었다. 이는 오늘날에도 그리 쉽게 허락될 수 없는 조건이다. 물론 결혼 이후 이러한 조건들이 잘 지켜졌느냐는 다른 문제이다. 나혜석이 요구하였고, 당시 김우영은 약조하였다는 것이 세간의 주목 대상이 된 것이다

이보다 더 큰 요구는 바로 신혼여행지이다. 두 사람의 새로운 출발을 기념하는 여행인데, 죽은 옛사랑의 묘로 간다는 것은 이해할 수 없는 것이다. 이는 김우영에게 있어서 나혜석이 두 번째 부인이라면, 나혜석에게 있어서 김우영도 첫째가 아니라는 것을 보여주고자 한 의도에서라고 파악해도 무방할 듯하다. 그런데 그 묘에 묘비까지 세우고 온 김우영은 당시로써는 정말 나혜석을 사랑한 남자였던 것 같다. 쉽지 않은 일이기 때문이다. 이는 오늘날에도 불가능한 일이다.

그러나 이러한 사랑도 나혜석의 네 번째의 남자 최린에 의해 깨지고 만다. 그렇다면 김우영이 나쁜 것일까, 나혜석이 나쁜 것일까. 김우영이 이혼 후 행한 모든 행동은 나혜석 입

장에서는 비정하고 냉정했다고 할 수 있다. 허나 나혜석의
외도로 헤어졌다는 전제에서 볼 때 나혜석의 손을 들어주기
가 쉽지 않다.

4) 영원한 그림자이자 배신자-최린

최린

나혜석이 유일하게 나경석 오빠의
그림자 외에서 만난 남자가 최린이다.
나혜석은 남편 김우영과 함께 세계일
주여행 중, 프랑스 파리에서 만난 남
자이다. 나혜석이 최린을 만났을 당시
그는 3·1독립운동 당시 민족지도자
33인 가운데 하나였으며 천도교 대표
이기도 했다. 후에는 친일파로 돌아섰지만 나혜석을 만났을
당시에는 민족주의자였다.

　나혜석은 화가 이종우 집에서 유학생들의 환영파티에서
최린을 만나게 되었다. 최린은 48세에 구미 각국의 여행길에
올랐다. 21개국을 돌아보기 위해 떠났다가 프랑스 파리에 잠
시 머물렀던 것이다. 그래서 유학생들의 환영파티에 참석하
게 되어 나혜석을 우연히 만나게 된 것이다. 그런데 그들의
만남은 일회적으로 끝나지 못했다. 나혜석의 남편 김우영이

독일로 건너가 있는 사이에 최린과 함께 파리 관광뿐만 아니라 깊은 연정에 빠져들었다. 급기야 육체적 관계까지 갖게 되었다.

나혜석에게 있어서 최린은 어떠한 사람일까. 무엇보다도 최승구의 잔영이었다. 최승구는 당대 멋진 문필가였다. 그런데 최린이 바로 그러한 사람이었던 것이었다. 그래서 나혜석은 말년에 고백하였다. 최린은 최승구와 닮은 곳이 많았다. 그래서 마음을 주었던 것이다.

둘째 김우영과의 삶은 안정된 현실은 있었지만 정신적인 공허함이 있었다. 김우영은 법학도이자 관료로서 경제적인 안정과 사회적인 품위를 지켜주었지만, 취미가 없어서 나혜석과 함께 나눌 정신세계가 희박했다. 그래서 나혜석은 늘 외로웠던 차에 취미가 다양하고 박학다식한 최린을 만나자 흠뻑 빠진 것이다. 최린은 문학, 역사, 미술 등 다양한 분야에서 두각을 드러내었고 실제로 미술대회에서 입상의 경력을 갖고 있었다.

그러나 최린은 나혜석의 안정된 삶과 정신적인 충만함마저 모두 앗아간 배신자가 되어버렸다. 김우영이 나혜석과 최린의 관계를 알고 간통죄로 고소하겠다며 이혼을 청구하자 최린은 이광수를 통해서 이혼 후 나혜석의 삶을 책임질 터이니 이혼을 하라고 종용했다고 한다. 그러나 나혜석은 김우영에게 이혼만은 하지 말자고 간곡히 사정하였다. 앞으로 현모

나혜석의 최린 상대 소송기사

양처가 될 터이니 가정만은 지키자는 것이었다. 그러나 최린은 간통죄로 고소되면 자신의 명예에도 문제가 생기기 때문에 나혜석을 이혼으로 몰아넣었다. 나혜석은 결국 이혼을 당했으나 최린은 그때부터 나혜석을 내쳤다.

결국 나혜석은 최린의 비인간적인 태도에 대해 분풀이를 하고자 정조유린에 대한 손해배상 청구소송을 제기하게 된 것이다. 그러나 당시 최린은 친일파로 입장을 변경한 상태였기에, 나혜석은 최린의 권력구조 속에서 분풀이는커녕 세간의 욕만 먹게 되었다.

이상으로 나혜석 주변의 네 남자를 살펴보았다. 첫사랑 최승구를 비롯하여 풋사랑 이광수, 사랑을 받았지만 나혜석의 외도로 이혼한 김우영, 첫사랑의 그림자이자 배신자 최린까지의 네 남자. 결국 나혜석은 누구를 사랑하고, 누구에게 사랑을 받았던 것인가? 나혜석이 사랑한 남자는 최승구이다. 사랑으로 괴로워한 남자는 최승구 한 명뿐이다. 네 남자와 헤어졌지만 헤어진 대상으로 인해 힘들었던 경우는 최승구단 한 명뿐이었던 것이다. 최승구와의 이별에서는 신경쇠약에 걸리는 등 고통이 심했다. 이광수와의 이별에는 안타까움의 정도이기에 미약하다. 소문만 무성할 뿐 진지하게 나아가지 못했던 것이다. 김우영과의 이혼에서는 김우영과의 헤어짐의 상처가 아니라 아이들과의 헤어짐이 고통을 주었다. 경제적인 빈곤과 아이들을 보고 싶은 마음이 그녀를 점차 시들어가게 했던 것이다. 최린과의 이별은 남성에 대한 환멸, 최승구에 대한 영원한 사랑의 되새김이 되었다.

나혜석의 여자로서의 일생은 사랑으로 시작하여 사랑으로 흩어진 것이라 하겠다. 이 사랑 앞에서 누가 숭고와 진정성을 논할 수 있을까. 다만 그녀는 당시를 열심히 살아갔다고밖에 말할 수 없겠다.

08 나오는 말

나혜석, 그녀는 1896년에 태어나 1949년에 세상을 떠난 여인이다. 그녀가 살아간 시대는 일제강점의 시기로, 의지 있는 여성으로서 살아가기에는 너무도 버거운 시기였다. 그러나 그녀는 꿋꿋이 자신의 운명을 자신의 의지로 이끌어가고자 하였기에, 비극의 길을 스스로 밟아간 여인이다.

나혜석을 대함에 있어, 굳이 '여인이다.' '여자다.'라는 불
필요하게 느끼는 수식을 지속적으로 붙이는 이유는 그녀가
한 여자로, 여인으로 살아가기 위해 지불해야 했던 대가가
너무도 컸기 때문이다. 비교적 부유한 집안에서 태어났기에
보통의 여인들이 받을 수 있는 교육 이상의 것을 받았다. 또
한 그녀 자신만 참하게 있었다면 명문가에 결혼하여 순탄한
삶을 살 수도 있었을 것이다. 그러나 그녀는 그 모든 조건을
주어진 대로 받아들이지 않고 자신이 계획하여 받아들였다.

　그녀는 당대로는 흔치 않은 여성 작가, 여성 화가의 삶을
선택하였으며, 결혼 청첩장을 신문에 발표하고, 신혼여행을
옛 여인의 무덤으로 가서 석비를 세우며, 결혼 생활 내내 작
가로서, 화가로서 활동하고, 외도, 이혼 후의 이혼고백서를
잡지에 연재하는 등 …… 그녀의 행로는 일반인으로서는 상
상할 수 없는 길이었다. 그렇기 때문에 세상에 이름 석 자를
남길 수는 있었으나, 정작 본인은 고통과 비애의 시간을 보
내야만 했다.

　과연 이 세상의 잣대로 무엇이 옳은가를 물을 수 있을까!
없다. 왜냐하면 이미 고인이 된 나혜석을 불러와 묻는다면,
그녀는 다시금 그렇게 살아갈 수밖에 없다고 할 것이기 때문
이다. 그렇다면 무엇이 그녀로 하여금 그렇게 살 수밖에 없
도록 한 것일까. 그것은 그녀가 살아 있다고 느끼게 하는 열
정이다. 그녀의 예술에 대한 열정, 그녀의 인간에 대한 열정,

그러한 열정들이 그녀를 아들에게, 남편에게 잊힌 여자가 되게 했던 것이다. 이는 아이러니가 아니라 할 수 없다. 세상인들에게 기억되고, 아들과 남편에게 잊힌 여자, 그녀가 바로 나혜석이다.

 **09 연보**

1896년 경기도 수원군 수원면 신풍리 291번지에서 태어남.
1913년 삼일여학교, 진명여학교 졸업 후, 도쿄사립여자미술학교 서양학과 선과 보통과에 입학.
　　　　우리나라 여성으로서는 최초이자 조선인으로서는 네 번째에 해당. 고희동(1910년), 김관호(1911년), 김찬영(1912년).
　　　　유학시절 「이상적 부인」 발표.
1914년 최승구와 깊은 교제.
1915년 부모님의 결혼 강요로 잠시 휴학.
1916년 복학.
　　　　4월 최승구 병사. 춘원과의 사귐.
　　　　여름방학 무렵 오빠 나경석의 소개로 김우영과 만남.
1917년 여성 최초로 소설을 발표. 「부부」
　　　　「회생한 손녀에게」집필-최승구의 병사와 관련.
1918년 단편소설 「경희」 발표.
1919년 1월 《매일신문》에 만평형식의 그림과 짧은 글을 첨부한 연재물을 발표 및 등단.
　　　　3·1운동에 참가. 이화학당 만세사건과 관련하여 일제에

체포되어 5개월간 투옥.

출옥 후 정신여학교 미술교사 역임.

《신여자》창간에 일조.

1920년 4월 김우영과 결혼.

7월 김억, 남궁벽, 염상섭, 오상순, 황석우, 김일엽 등과 함께 《폐허》창간.

1921년 서울 경성일보사 내청각에서 첫 전람회를 개최.

『폐허』에 「냇물」, 「사(砂)」 발표.

『매일신보』에 「인형의 가(家)」 발표.

1922년 【조선미전】에 지속적으로 출품 및 수상. 「봄이 오다」(입선), 「농가」(입선)

문필가로서의 활동도 지속.

1923년 일본 외무성 관리가 된 남편을 따라 만주에 거주.

의열단 사건 당시 의열단 동지인 박기홍의 단총을 몰래 숨겨줌.

【조선미전】 「봉황산」(입선), 「봉황산의 남문」(4등상)

「모(母)된 감상기」를 『동명』에 발표.

1924년 【조선미전】 「가을의 정원」(4등상), 「초하의 오전」(입선)

1925년 【조선미전】 「낭랑묘」(3등상)

1926년 【조선미전】 「지나정(중국인촌)」(입선), 「천후궁」(특선)

1927년 【조선미전】 「봄의 오후」(무감사 입선)

모스크바를 거쳐 프랑스, 영국, 이탈리아, 스페인 등 세계여행에 떠남.

10월 화가 이종우의 집에서 최린을 만남.

1930년 【조선미전】 「아이들」(입선), 「화가촌」(입선)

1931년 【조선미전】 「정원」(특선, 제12회 【일본제전】 입선), 「작약」(입선)

1932년 【조선미전】 「나부」(입선), 「소녀」(무감사 입선), 「창가에서」(무감사 입선),

「금강산 만상정」(무감사 입선)

1934년 이혼.

【조선미전】에 「정원」 출품. 특선.

「이혼고백서」를 『삼천리』에 연재.

1935년 생활비를 벌기위해 전시회를 열었지만 주목받지 못함.

『삼천리』에 「아껴 무엇하리 청춘을」발표.

1937년 수덕사 아래 수덕여관에 머물면서 사찰순례. 여전히 그림
을 그렸음.

1948년 12월 10일 서울원효로의 시립자제원에서 행려병자로 사망.

경희(瓊姬)

1

"아이구, 무슨 장마가 그렇게 심해요."

하며 담배를 붙이는 뚱뚱한 마님은 오래간만에 오신 사돈마님이다.

"그러게 말이지요. 심한 장마에 아이들이 병이나 아니났습니까. 그동안 하인도 한번 못 보냈어요."

하며 마주앉아 담배를 붙이는 머리가 희끗희끗하고 이마에 주름살이 두어 줄 보이는 마님은 이철원(李鐵原)댁 주인마님이다.

"아이구, 별말씀을 다하십니다. 나 역 그랬어요. 아이들은 충실하나 어멈이 어째 수일 전부터 배가 아프다고 하더니 오늘은 일어나 다니는 것을 보고 왔어요."

"어지간히 날이 더워야지요. 조금 잘못하면 병나기가 쉬워요. 그래서 좀 걱정이 되셨겠습니까?"

"인제 나았으니까요 마음이 놓여요. 그런데 애기가 일본서 와서 얼마나 반기우셔요."

하며 사돈마님은 잊었던 일을 깜짝 놀라 생각하는 듯이 말을 한다.

"먼 데다가 보내고 늘 마음이 놓이지 않다가 그래도 일 년에 한 번씩이라도 오니까 집안이 든든해요."

주인마님 김 부인은 담뱃대를 재떨이에 탁탁 친다.

"그렇다마다요. 아들이라도 마음이 아니 놓일 텐데 처녀를 그러한 먼 데다 보내시고 그러지 않겠습니까. 그런데 몸이나 충실했었는지요."

"네, 별 병은 아니났나 보아요. 제 말은 아무 고생도 아니된다 하나 어미 걱정시킬까 보아 하는 말이지, 그 좀 주리고 고생이 되었겠어요. 그래서 얼굴이 꺼칠해요."

하며 뒤꼍을 향하여,

"아가 아가, 서문안 사돈마님이 너 보러 오셨다."

한다.

"네."

하고 대답하는 경희는 지금 시원한 뒷마루에서 오래간만에 만난 오라버니댁과 앉아서 오라버니댁은 버선을 깁고 경희는 앉은 재봉틀에 자기 오라버니 양복 속적삼을 하며 일본서 지낼 때에 어느 날 어디를 가다가 하마터라면 전차에 치일 뻔하였더란 말, 그래서 지금이라도 생각만 하면 몸이 아슬아슬하다는 말이며, 겨울이 오면 도무지 다리를 펴고 자본 적이 없고 그래서 아침에 일어나면 다리가 꼿꼿했다는 말, 일본에는 하루 걸러 비가 오는데 한 번은 비가 심하게 퍼붓고 학교 상학시간은 늦어서 그 굽 높은 나막신을 신고 부지런히 가다가 넘어져서 다리에 가죽이 벗겨지고 우산이 모두 찢어지고 옷에 흙이 묻어 어찌 부끄러웠었는지 몰랐었더란 말, 학교에서 공부하던 이야기, 길에 다니며 보던 이야기 끝에 마침 어느 때 활동사진에서 보았던 어느 아이가 아버지가 장난을 못하게 하니까 아버지를 팔아버리려고 광고를 써서 제 집 문밖 큰 나무에다가 붙였더니 그때 마침 그 아이만한 6, 7세 된 남매가 부모를 잃어버리고 방황하다가 꼭 두 푼 남은 돈을 꺼내들고 이 광고대로 아버지를 사려고 문을 두드리던 양을 반쯤 이야기하는 중이었다. 오라버니댁은 어느덧 바느질을 무릎 위에다가 놓고 "하하 허허" 하며 재미스럽게 듣고 앉았던 때라 "그래서 어떻게 되었소" 묻다가 눈살을 찌푸리며,

"얼른 다녀 오"

간절히 청을 한다.

옆에 앉아서 빨래에 풀을 먹이며 열심히 듣고 않았던 시월이도 혀를 툭툭 찬다.

"아무렴 내 얼른 다녀 오리다."

경희는 이렇게 대답을 하고 제 이야기에 재미있어서 하는 것이 기뻐서 웃으며 앞마루로 간다.

경희는 사돈마님 앞에 절을 겸손히 하며 인사를 여쭈었다. 일년 동안이나 잊어버렸던 절을 일전에 집에 도착할 때에 아버지 어머니에게 하였다. 하므로 이번에 한 절은 익숙하였다. 경희는 속으로 일본서 날마다 세로가로 뛰며 장난하던 생각을 하고 지금은 이렇게 얌전하다 하며 웃었다.

"아이고, 그 좋던 얼굴이 어쩌면 저렇게 못 되었니, 오죽 고생

이 되었을라고."

사돈마님은 자비스러운 음성으로 말을 한다. 일부러 경희의 손목을 잡아 만졌다.

"똑 시집살이한 손 같고나. 여학생들 손은 비단결 같다는데 네 손은 왜 이러냐."

"살성이 곱지 못해서 그래요."

경희는 고개를 칙으린다.

"제 손으로 빨래해 입고 밥까지 해 먹었다니까 그렇지요."

경희의 어머니는 담배를 다시 붙이며 말을 한다.

"저런, 그러면 집에서도 아니하던 것을 객지에 가서 하는구나. 네 일본학교 규칙은 그러냐?"

사돈마님은 깜짝 놀랐다. 경희는 아무 말 아니한다.

"무얼요. 제가 제 고생을 사느라고 그러지요. 그것 누가 시키면 하겠습니까. 학비도 넉넉히 보내주지마는 그 애는 별나게 바쁜 것이 재미라고 한답니다."

김 부인은 아무 뜻 없이 어제 저녁에 자리 속에서 딸에게 들은 이야기를 한다.

"그건 왜 그리 고생을 하니."

사돈마님은 경희의 이마 위에 너펄너펄 내려온 머리카락을 두 귀밑에다 끼워주며 적삼 위로 등의 살도 만져보고 얼굴도 쓰다듬어준다.

"일본에는 겨울에도 불도 아니때인대지. 그리고 반찬은 감질이 나도록 조금 준대지. 그것 어찌 사니?"

"네, 불은 아니 때나 견디어나면 관계치 않아요. 반찬도 꼭 먹을 만치 주지 모자르거나 그렇지는 아니해요."

"그러자니 모두가 고생이지. 그런데 네 형은 그동안 병이 나서 너를 못 보러왔다. 아마 오늘 저녁 꼭은 올 터이지."

"네, 좀 보내주세요. 벌써부터 어찌 보고 싶었는지 몰라요"

"암 그렇지. 너 왔다는 말을 듣고 나도 보고 싶어하였는데 형제끼리 그렇지 않으랴."

이 마님은 원래 시집을 멀리 와서 부모형제를 몹시 그리워 본 경험이 있는 터라, 이 말에는 깊은 동정이 나타난다.

"거기를 또 가니? 인제 고만 곱게 입고 앉았다가 부잣집으로 시집가서 아들딸낳고 재미드랍게 살지 그렇게 고생할 것 무엇 있니?"

아직 알지 못하여 그렇게 하지 못하는 것을 일러주는 것같이 경희에 대하여 말을 하다가 마주 앉은 경희 어머니에게 눈을 항하여 '그렇지 않소. 내 말이 옳지요' 하는 것 같았다.

"네, 하던 공부 마칠 때까지 가야지요."

"그것은 그리 많이 해 무엇하니. 사내니 고을을 간단 말이냐? 군주사(郡主事)라도 한단 말이냐? 지금 세상에 사내도 배워가지고 쓸 데가 없어서 쩔쩔 매는데……."

이 마님은 여간 걱정스러워 아니 한다. 그리고 대관절 계집애를 일본까지 보내어 공부를 시키는 사돈영감과 마님이며 또 그렇게 배우면 대체 무엇하자는 것인지를 몰라 답답해 한 적은 오래 전부터 있으나 다른 집과 달라 사돈집 일이라 속으로는 늘 '저 계집애를 누가 데려가나' 욕을 하면서도 할 수 있는 대로는 모른 체하여 왔다가 오늘 우연한 좋은 기회에 걱정해 오던 것을 말한 것이다.

경희는 이 마님 입에서 '어서 시집을 가거라. 공부는 해서 무엇하니' 꼭 이 말이 나올 줄 알았다. 속으로 '옳지 그럴 줄 알았지' 하였다. 그리고 어지 오셨던 이모님 입에서 나오던 말이며 경희를 보실 때마다 걱정하시는 큰어머니 말씀과 모두 일치되는 것을 알았다. 또 작년 여름에 듣던 말을 금년 여름에도 듣게 되었다. 경희의 입술은 간질간질하였다.

'먹고 입고만 하는 것이 사람이 아니라 배우고 알아야 사람이에요. 당신댁처럼 영감 아들 간에 첩이 넷이나 있는 것도 배우지 못한 까닭이고 그것으로 속을 썩이는 당신도 알지 못한 죄이에요. 그러니까 여편네가 시집가서 시앗을 보지 않도록 하는 것도 가르쳐야 하고 여편네 두고 첩을 얻지 못하게 하는 것도 가르쳐야만 합니다.' 하고 싶었다. 이외에 여러 가지 예를 들어 설명도 하고 싶었다. 그러나 이 마님 입에서는 반드시 오늘 아침에 다녀가신 할머니의 말씀과 같은 "애, 옛날에는 여편네가 배우지 않아도 수부다남(壽富多男)하고 잘만 살아왔다. 여편네는 동서남북도 몰라야 복(福)이 많단다. 애, 공부한 여학생들도 보리방아만 찧게 되더라. 사내가 첩 하나도 둘 줄 모르면 그것이 사내냐?" 하던 말씀과 같이 꼭 이 마님도 할 줄 알았다. 경희는 쇠귀에 경을 읽지 하고 제 입만 아프고 저만 오늘 저녁에 또 이 생각으로 잠을 못 자게 될 것을 생각하였다. 또 말만 시작하게되면 답답하여서 속이 불과 같이 탈 것, 자연 오랫동안 되면 뒷마루에서는 기다릴 것을 생각하여 차라리 일절 입을 다물었다. 더구나 이 마님은 입이 걸어서 한 말을 들으면 열 말쯤 거짓말을 보태어 여학생의 말이라면 어떻든지 흉만 보고 욕만 하기로는 수단이 용한 줄을 알았다. 그래서 이 마님 귀에는 좀처럼한 변명이라든지 설명도 조금도 곧이가 들리지 않을 줄도 짐작하였다. 그리고 어느때 경희의 형님이 경희더러 "애, 우리 시어머니 앞에서는 아무 말도 하지 마라. 더구나 시집 이야기는 일절 말아라. '여학생들은 예사로 시집 말들을 하더라 아이구 망칙한 세상도 많아라. 우리 자라날 때는 어디서 처녀가 시집 말을 해보아' 하신다. 그뿐 아니라 여러 여학생 험담을 어디가서 그렇게 듣고만 오시는지 듣고 오시면 똑나 들으라고 빗대놓고 하시는 말씀이 정말 내 동생이 학생이어서 그런지 도무지 듣기 싫더라. 일본 가면 계집애 버리느니 별별 못들을 말씀을 다 하신단다. 그러니 아무쪼록 말을 조심해라" 한 부탁을 받은 것도 있다. 경희는 또 이 마님 입에서 무슨 말이 나올까 보아 마음이 조릿조릿하였다. 그래서 다른 말이 시작되기 전에 뒷마루로 달아나려고 궁둥이가 들썩들썩 하였다.

"이따가 급히 입을 오라범 속적삼을 하던 것이 있어서 가보아야겠습니다."

고 경희는 앓던 이가 빠지나나 만큼 시원하게 그 앞을 면하고 뒷마루로 나서며 숨을 한번 쉬었다.

"왜 그리 늦었소? 그래서 그 아버지를 어떻게 했소."

오라버니댁은 그동안 버선 한 짝을 다 기워놓고 또 한 짝에 앞볼을 대이다가 경희를 보자 무릎 위에다가 놓고 바싹 가까이 앉으며 궁금하던 이야기 끝을 재우쳐 묻는다. 경희의 눈살은 찌푸려졌다. 두 뺨이 실쭉해졌다. 시월이는 빨래를 개키다가 경희의 얼굴을 눈결에 슬쩍 보고 눈치를 채었다.

"작은 아씨, 서문안댁 마님이 또 시집 말씀을 하시지요?"

아침에 경희가 할머니가 다녀가신 뒤에 마루에서 혼잣말로 "시집을 갈 때 가더라도 하도 여러 번 들으니까 인제 도무지 싫어 죽겠다" 하던 말을 시월이가 부엌에서 들었다. 지금도 자세히는 들리지 않으나 그런 말을 하는 것 같았다. 그래서 작은 아씨의 얼굴이 저렇게 불량하거니 하였다. 경희는 웃었다. 그리고 바느질을 붙들며 이야기 끝을 연속한다.

안마루에서는 여전히 두 마님은 서로 술도 전하며 담배도 잡수면서 경희의 말을 한다.

"애기가 바느질을 다 해요?"

"네, 바느질도 곧잘 해요. 남정의 윗옷은 못하지요마는 제 옷은 꿰매어 입지요."

"아이구 저런, 어느 틈에 바느질을 다 배웠어요. 양복 속적삼을 다 해요. 학생도 바느질을 다 하나요."

이 마님은 과연 여학생은 바늘을 쥘 줄도 모르는 줄 알았다. 더구나 경희와 같이 서울로 일본으로 쏘다니며 공부한다 하고 덜렁하고 똑 사내 같은 학생이 제 옷을 꿰매어 입는다는 말에 놀랐다. 그러나 역시 속으로는 그 바느질꼴이 오죽할까 하였다. 김 부인은 딸의 칭찬 같으나 묻는 말에 마지 못하여 대답한다.

"어디 바느질이나 제법 앉아서 배울 새나 있나요. 그래도 차차 철이 나면 자연히 의사가 나나 보아요, 가르치지 아니해도 저절로 꿰매게 되던구면요. 어려운 공부를 하면 의사가 틔우나 보아요"

김 부인은 말끝을 끊었다가 다시 말을 한다. 이 마님 귀에는 똑 거짓말 같다.

"양복 속적삼은 작년 여름에 남대문 밖에서 일녀(日女)가 와서 가르치던 재봉틀 바느질 강습소(講習所)를 날마다 다니며 배웠지요. 제 조카들의 양복도 해서 입히고 모자도 해서 씌우고 또 제 오라비 여름 양복까지 했어요. 일어(日語)를 아니까 선생하고 친하게 되어서 다른 사람에게는 가르쳐주지 않는 것까지 다 가르쳐 주더래요. 낮에는 배워가지고 와서는 밤이면 똑 열두 시, 새로 한 시까지 앉아서 배운 것을 보고 그대로 그리고 모두 치수를 적고 했어요. 나는 그게 무엇인가 하였더니 나중에 재봉틀 회사 감독이 와서 그러는데 '이제까지 일어로만 한 것이어서 부인네들 가르치기에 불편하더니 따님이 만든 책으로 퍽 유익하게 쓰겠습니다' 하는 말에 그런 것인 줄 알았어요. 좀 가르치면 어디든지 그렇게 쓸데가 있더구면요. 그뿐 아니라 그 점잖은 일본사람들에게도 어찌 존대를 받는지 몰라요. 그 애가 왔단 말을 어디서 들었는지 감독이 일부러 일전에 또 찾아왔어요. 일본서 졸업하고는 기어이 자기 회사의 일을 보아 달라고 하더래요. 처음에는 월급 일천오백 냥은 쉽대요. 차차 오르면 3년 안에 이천오백 냥을 받는다는데요. 다른 여자는 제일 많은 것이 칠백쉰 냥이라는데 아마 그 애는 일본까지 가서 공부한 까닭인가 보아요. 저것도 그 애가 재봉틀에 한 것입니다."

하며 맞은 편 벽에 유리에 늘어 걸어놓은, 앞에 물이 흐르고 뒤에 나무가 총총한 촌(村) 경치를 턱으로 가리킨다. 경희의 어머니는 결코 여기까지 딸의 말을 하려고 한 것이 아니었다. 한 것이 자연 월급 말까지 하게 된 것은 부지중에 여기까지 말하였다. 김 부인은 다른 부인네들보다 더구나 이 사돈마님보다는 훨씬 개명(開明)을 한 부인이다. 근 본 성품도 결코 남의 흉을 보는 부인은 아니었고 혹 부인네들이 모여 여학생들의 못된 점을 꺼내어 흉을 보든지 하면 그렇지 않다고까지 반대를 한 적도 많으니 이것은 대개 자기 딸 경희를 몹시 기특히 아는 까닭으로 여학생은 바느질을 못 한다든가, 빨래를 아니 한다든가, 살림살이를 할 줄 모른다든가 하는 말이 모두 일부러 흉을 만들어 말하거니 했다. 그러나 공부해서 무엇하는지 왜 경희가 일본까지 가서 공부를 하는지 졸업을 하면 무엇에 쓰는지는 역시 김 부인도 다른 부인과 같이 몰랐다. 혹 여러 부인이 모여서 따님은 그렇게 공부를 시켜서 무엇하나요? 질문을 하면 "누가 아나요, 이 세상에는 계집애라도 배워야 한다니까요" 이렇게 자기 아들에게 늘 들어오던 말로 어물어물 대답을 할 뿐이었다. 김 부인은 과연 알았다. 공부를 많이 할수록 존대를 받고 월급도 많이 바든 것을 알았다. 그렇게 번질한 양복을 입고 금시곗줄을 늘인 점잖은 감독이 조그마하나 여자를 일부러 찾아와서 절을 수없이 하는 것이라든지, 종일 한 달 30일을 악을 쓰고 속을 태우는 보통학교 교사는 많아야 육백스무 냥이고 보통 오백 냥인데 "천천히 놀면서 일 년에 병풍 두 짝 만이라도 잘만 놓아주시면 월급을 꼭 사십 원씩은 드리지요"하는 말에 김 부인은 과연 공부라는 것은 꼭 해야 할 것이고, 하면 조금 하는 것보다 일본까지 보내서 시켜야만 할 것을 알았다. 그러고 어느 날 저녁에 경희가 "공부를 하면 많이 해야겠어요. 그래야 남에게 존대를 받을 뿐 아니라 저도 사람 노릇을 할 것 같애요" 하던 말이 아마 이래서 그랬던가보다 하였다. 김 부인은 인제부터는 의심없이 확실히 자기 아들이 경희를 왜 일본까지 보내라고 애를 쓰던 것, 지금 세상에는 여자도 남자와 같이 많이 가르쳐야 할 것을 알았다. 그래서 김 부인은 이제까지 누가 "따님은 공부를 그렇게 시켜 무엇합니까?" 물으면 등에서 땀이 흐르고 얼굴이 벌겋게 취해지며 이럴 때마다 아들만 없으면 곧이라도 데려다가 시집을 보내고 싶은 생각도 많았었으나 지금 생각하니 아들이 뒤에 있어서 자기 부부가 경희를 데려다 시집을 보내지 못하게 한 것이 다행하게 생각된다. 그리고 지금부터는 누가 묻든지 간에 여자도 공부를 시켜야 의사가 나서 가르치지 아니한 바느질도 할 줄 알고 일본까지 보내어 공부를 많이 시켜야 존대를 받을 것을 분명히 설명까지라도 할 것 같다. 그래서 오늘도 사돈마님 앞에서 부지중 여기까지 말을 하는 김 부인의 태도는 조금도 주저하는 빛도 없고 그 얼굴에는 기쁨이 가득하고 그 눈에는 '나는 이러한 영광을 누리고 이러한 재미를 본다' 하는 표정이 가득하다.

사돈마님은 반신반의로 어떻든 끝까지 들었다. 처음에는 물론 거짓말로 들을 뿐만 아니라, 속으로 '너는 아마 큰 계집애를 버려놓고 인제 시집 보낼 것이 걱정이니까 저렇게 없는 칭찬을 하나 보구나' 하며 이야기하는 김 부인의 눈이며 입을 노려보고 앉았다. 그러나 이야기가 점점 길어갈수록 그럴 듯하다. 더구나 감독이 왔더란 말이며, 존대를 하더란 것이며, 사내도 여간한 군주사(郡主事)쯤은 바랄 수도 없는 월급을 이천 냥까지 주겠더란 말을 들을 때는 설마 저렇게까지 거짓말을 할까 하는 생각이 난다. 사돈마님은 아직도 참말로는 알고 싶지 않으나 어쩐지 김 부인이 말이 거짓말 같지는 아니하다. 또 벽에 걸린 수(繡)도 확실히 자기 눈으로 볼 뿐 아니라 쉴새없이 바퀴 구르는 재봉틀소리가 당장 자기 귀에 들린다. 마님 마음은 도무지 이상하다. 무슨 큰 실패나 한 것도 같다. 양심은 스스로 자복(自服)하였다. '내가 여학생을 잘못 알아 왔다. 정말 이 집 딸과 같이 계집애도 공부를 시켜야겠다. 어서 우리집에 가서 내외시키던 손녀딸들을 내일부터 학교에 보내야겠다'고 꼭 결심을 했다. 눈앞이 아물아물해 오고 귀가 찡한다. 아무 말 없이 눈만 껌뻑껌뻑하고 앉았다. 뒤꼍으로 불어 들어오는 시원한 바람 중에는 젊은 웃음소리가 사(沙)접시를 깨뜨릴 만치 재미스럽게 싸여 들어온다.

2

"이 더운데 작은 아씨, 무얼 그렇게 하십니까?"

마루 끝에 떡 함지를 힘없이 놓으며 땀을 씻는다. 얼굴은 억죽억죽 얽고 머리는 평양머리를 해서 얹고 알록달록한 면주수건을 아무렇게나 쓴 나이가 한 사십 가량 된 떡장사는 으레 하루에 한 번씩 이 집을 들린다.

"심심하니까 장난 좀 하오."

경희는 앞치마를 치고 마루 끝에 서서 서투른 칼질로 파를 썬다.

"어느 틈에 김치 담그는 것을 다 배우셨어요. 날마다 다니며 보아야 작은 아씨는 도무지 노시는 것을 못 보았습니다. 책을 보시지 않으면 글씨를 쓰시고 바느질을 아니 하시면 저렇게 김치를 담그시고……"

"여편네가 여편네 할 일을 하는 것이 무엇이 그리 신통할 것 있소."

"작은 아씨 같은 이나 그렇지 어느 여학생이 그렇게 마음을 먹는 이가 있나요."

떡장사는 무릎을 치며 경희의 앞으로 바싹 앉는다. 경희는 빙긋이 웃는다.

"그건 떡장사가 잘못 안 것이지. 여학생은 사람 아니오? 여학생도 옷을 입어야 살고 음식을 먹어야 실 것 아니오?"

"아이구, 그러게 말이지요, 누가 아니래요. 그러나 작은 아씨같이 그렇게 아는 여학생이 어디 있어요?"

"칭찬 많이 받았으니 떡이나 한 스무 냥어치 살까!"

"아이구 어멈을 저렇게 아시네, 떡 팔아 먹을려고 그런 것은 아니예요."

변덕이 뒤룩뒤룩한 두 뺨의 살이 축 처진다. 그리고 너는 나를 잘못 아는구나하는 원망으로 두둑한 입술이 삐죽한다. 경희는 곁눈으로 보았다. 그 마음을 짐작하였다.

"아니요, 부러 그랬지. 칭찬을 받으니까 좋아서……"

"아니에요. 칭찬이 아니라 정말이에요."

다시 정다이 바싹 앉으며 "허허……" 너털웃음을 한판 내쉰다.

"정말 몇 해를 두고 날마다 다니며 보아야 작은 아씨처럼 낮잠 한번도 주무시지 않고 꼭 무엇을 하시는 아씨는 처음 보았어요"

"떡장사 오기 전에 자고 떡장사가 가면 또 자는 걸 보지를 못하였지."

"또 저렇게 우스운 말씀을 하시네. 떡장사가 아무 때나 아침에도 다녀가고 낮에도 다녀가고 저녁 때도 다녀가지 학교에 다니는 학생같이 시간을 맞춰서 다니나요! 응? 그렇지 않소"

하며 툇마루에서 맷돌에 풀 갈고 있는 시월이를 본다. 시월이는,

"그래요 어디가 아프시기 전에는 한번도 낮잠 주무시는 일 없어요."

"여보, 떡장사 떡이 다 쉬면 어찌 하려고 이렇게 한가히 앉아서 이야기를 하오."

"아니 관계치 않아요."

떡장사의 말소리는 아무 힘이 없다. 떡장사는 이 작은 아씨가 "그래서 어쨋소" 하며 받아만 주면 이야기할 것이 많았다. 저의 집 떡방아 찧던 일꾼에게서 들은, 요새 신문에 어느 여학생이 학교 간다고 나가서는 며칠 아니 들어오는 고로 수색을 해보니까 어느 사내에게 꾀임을 받아서 첩이 되었더란 말이며, 어느 집에는 며느리로 여학생을 얻어왔더니 버선 깁는 데 올도 찾을 줄 몰라 삐뚜로 대었더란 말, 밥을 하였는데 반은 태웠더란 말, 날마다 사방으로 쏘다니며 평균 한 마디씩 들어온 여학생의 험담을 하려면 부지기수이었다. 그래서 이렇게 신이 나서 무릎을 치고 바싹

들어 앉았으나, 경희의 말대답이 너무 냉정하고 점잖으므로 떡장사의 속에서 뻗쳐오르던 것이 어느덧 거품 꺼지듯 꺼졌다. 떡장사의 마음은 무엇을 잃은 것같이 공연히 서운하다. 떡바구미를 들고 일어설까말까 하나 어쩐지 딱 일어설 수도 없다. 그래서 떡바구미를 두 손으로 누른 채로 앉아서 모른 체하고 칼질하는 경희의 모양을 아래 위로 훑어도 보고 마루를 보며 선반 위에 앉은 소반의 수효도 세어보고 정신없이 얼빠진 것같이 앉았다.

"흰떡 댓 냥어치하고 개피떡 두 냥 반어치만 내놓게."

김 부인은 고운 돗자리 위에서 부채질을 하면서 드러누웠다가 딸 경희의 좋아하는 개피떡하고 아들이 잘 먹는 흰떡을 내놓으라 하고 주머니에서 돈을 꺼낸다. 떡장사는 멀거니 앉았다가 깜짝 놀라 내놓으라는 떡 수효를 뒤풀이해 세어서 내 놓고는 뒤도 돌아보지를 않고 떡바구미를 이고 나가다가 다시 이 댁을 오지 못하면 떡을 못 팔게 될 생각을 하고 "작은 아씨, 내일 또 와요. 허허허" 하며 대문을 나서서는 큰 숨을 쉬었다. 생삼팔(生三八) 두루마기 고름을 달고 앉았던 경희의 오라버니댁이며 경희며 시월이며 서로 얼굴들을 치어다보며 말없이 씽긋씽긋 웃는다. 경희는 속으로 기뻐한다. 무엇을 얻은 것 같다. 떡장사가 다시는 남의 흉을 보지 아니하리라 생각할 때에 큰 교육을 한 것도 같다. 경희는 칼자루를 들고 앉아서 무슨 생각을 곰곰이 한다.

"참 애기는 못할 것이 없다."

얼굴에 수색(愁色)이 가득하여 시름없이 두 손가락을 마주잡고 앉았다가 간단히 이 말을 하고는 다시 입을 꾹 다물며 한숨을 산이 꺼지도록 쉬는 한 여인에게는 아무도 모르는 큰 걱정과 설움이 있는 것 같다. 이 여인은 근 이십 년 동안이나 이 집과 친하게 다니는 여인이라, 경희의 형제들은 아주머니라 하고 이 여인은 경희의 형제를 자기의 친 조카들 같이 귀애(貴愛)한다. 그래서 심심하여도 이 집으로 오고 속이 상할 때에도 이 집으로 와서 웃고 간다. 그런데 이 여인의 얼굴은 항상 검은 구름이 끼이고 좋은 일을 보든지 즐거운 일을 당하든지 끝에는 반드시 휘 한숨을 쉬는 쌓이고 쌓인 설움의 원인을 알고 보면 누구라도 동정을 아니 할 수 없다.

이 여인은 소년(원문은 노년) 과부라 남편을 잃은 후로 애절복통을 하다가 다만 재미를 붙이고 낙(樂)을 삼는 것은 천행만행(天幸萬幸)으로 얻은 유복자 수남(壽男)이 있음이라. 하루 지나면 수남이도 조금 크고 한 해 지나면 수남이가 한 살이 는다. 겨울이면 추울까, 여름이면 더울까, 밤에 자다가도 곤히 자는 수남의 투덕투덕한 볼기짝을 몇 번씩 뚜덕뚜덕하던 세상에 둘도 없는 귀한 아들은 어느덧 나이 십육 세에 이르러 사방에서 혼인하자는 말이 끊일 새 없었다. 수남의 어머니는 새로이 며느리를 얻어 혼자 재미를 볼 것이며 남편도 없이 혼자 폐백 받을 생각을 하다가 자리 속에서 눈물도 많이 흘렸다. 그러나 행여 이렇게 눈물을 흘려 귀중한 아들에게 사위스러울까 보아 할 수 있는 대로는 슬픔을 기쁨으로 돌려 생각하고 눈물을 웃음으로 이루려 하였다. 그래서 알뜰살뜰히 돈이며 패물 등속을 며느리 얻으면 주려고 모았다. 유일부이(唯一無二)의 아들을 장가들이는데 데는 꺼리는 것도 많고 보는 것도 많았다. 그래 며느리 선을 시어머니가 보면 아들이 가난하게 산다고 하는 고로 수남이 어머니는 일체 중매에게 맡기고 궁합이 맞는 것으로만 혼인을 정하였다. 새 며느리를 얻고 아들과 며느리 사이에 옥 같은 손녀며 금 같은 손자를 보아 집안이 떠들썩하고 재미가 퍼부을 것을 날마다 상상하며 기다리던 며느리는 과연 오늘의 이 한숨을 쉬게 하는 원수이다. 열일곱에 시집 온 후로 팔 년이 되도록 시어머니 저고리 하나도 꿰매어서 정다이 드려보지 못한 철천지한을 시어머니 가슴에 안겨준 이 며느리라. 수남의 어머니는 본래 성품이 순하고 궁구(窮寇)도 많이 하고 타이르고 가르치기 수없이 하였으나 어제가 오늘 같고 내일도 일반이라. 바늘을 쥐어주면 곧 졸고 앉았고, 밥을 하라면 죽을 쑤어 놓으나 거기다가 나이가 먹어 갈수록 마음만 엉뚱해가는 것은 더구나 사람을 기가 막히게 한다. 이러하니 때로 속이 상하고 날로 기가 막히는 수남의 어머니는 이 집에 올 때마다 이 집 며느리가 시어머니 저고를 얌전히 하는 것을 보면 나는 이 며느리 손에 저렇게 저고리 하나도 얻어 입어보지 못하나 하며 한숨이 나오고, 경희의 부지런한 것을 볼 때에 나는 왜 저런 민첩한 며느리를 얻지 못하였는가 하며 한숨을 쉬는 것은 자연한 인정이리라. 그러므로 이렇게 멀거니 앉아서 경희의 김치 담그는 양을 보며 또 떡장사가 한참 떠들고 간 뒤에 간단한 이 말을 하는 끝에 한숨을 쉬는 그 얼굴은 차마 볼 수가 없다. 머리를 숙이고 골몰히 칼질하던 경희는 이미 이 아주머니의 설움의 원인을 아는 터이라 그 한숨소리가 들리자 온몸이 찌르르 하도록 동정이 간다. 경희는 이

자극을 받는 동시에 이와 같이 조선(朝鮮) 안에 여러 불행한 가정의 형편이 방금 제 눈앞에 보이는 것 같았다. 힘 있게 칼자루로 도마를 탁 치는 경희는 무슨 큰 결심이나 하는 것 같다. 경희는 굳게 맹세하였다. '내가 가질 가정은 결코 그런 가정이 아니다. 나뿐 아니라 내 자손 내 친구 내 문인(門人)들이 만들 가정도 결코 이렇게 불행하게 하지 않는다. 오냐, 내가 꼭 한다' 하였다. 경희는 껑충 뛴다. 안부엌에서 땀을 뻘뻘 흘리며 풀 쑤는 시월이를 따라간다.

"얘, 나하고 하자. 부뚜막에 올라앉아서 풀막대기로 절랴? 아궁이 앞에 앉아서 땔랴? 어떤 것을 하였으면 좋겠니? 너 하라는 대로 할 터이니. 두 가지를 다 할 줄 안다."

"아이구, 고만 두셔요, 더운데."

시월이는 더운데 혼자 풀을 저우면서 불을 때느라고 끙끙하던 중이다.

"아이구, 이년의 팔자" 한탄을 하며 눈을 멀거니 뜨고 밀짚을 끌어 때고 앉았던 때라, 작은 아씨의 이 말 한 마디는 더운 중에 바람 같고 괴로움에 웃음이다. 시월이는 속으로 '저녁 진지에는 작은 아씨의 즐기시는 옥수수를 어디 가서 맛있는 것을 얻어다가 쪄서 드려야겠다.' 하였다. 마지 못하여,

"그러면 불을 때셔요, 제가 풀을 저을 것이니……."

"그래, 어려운 것은 오랫동안 졸업한 네가 해라."

경희는 불을 때고 시월이는 풀을 젓는다. 위에서는 푸푸, 부글부글 하는 소리, 아래에서는 밀짚의 탁탁 튀는 소리, 마치 경희가

도쿄음악학교 연주회석에서 듣던 관현악 연주소리 같기도 하다. 또 아궁이 저 속에서 밀짚 끝에 불이 댕기며 점점 불빛이 강하게 번지는 동시에 차차 아궁이까지 가까워지자 또 점점 불꽃이 약해져 가는 것은 마치 피아노 저 끝에서 이 끝까지 칠 때에 붕붕 하던 것이 점점 땡땡 하도록 되는 음률과 같아 보인다. 열심히 젓고 앉은 시월이는 이러한 재미스러운 것을 모르겠구나 하고 제 생각을 하다가 저는 조금이라도 이 묘한 미감(美感)을 느낄 줄 아는 것이 얼마큼 행복하다고도 생각하였다. 그러나 저보다 몇십백 배 묘한 미감을 느끼는 자가 있으려니 생각할 때에 제 눈을 빼어버리고도 싶고 제 머리를 뚜드려 바치고도 싶다. 뺄건 불꽃이 별안간 파란 빛으로 변한다. 아, 이것도 사람인가, 밥이 아깝다 하였다. 경희는 부지중 "재미도 스럽다" 하였다.

"대체 작은 아씨는 별것도 다 재미있다고 하십니다. 빨래하면 땟국물 흐르는 것도 재미있다고 하시고 마루 걸레질을 치시면 아직 안 친 한편 쪽 마루의 뿌연 것이 보기 재미있다 하시고, 마당을 쓸면 티끌 많아지는 것이 재미있다고 하시고, 나중에는 무엇까지 재미있다고 하실는지, 뒷간에 구데기 끓는 것은 재미있지 않으셔요?"

경희는 속으로 '오냐, 물론 그것까지 재미있게 보여야 할 것이다. 그러나 내 눈은 언제나 그렇게 밝아지고 내 머리는 어느 때나 거기까지 발달될는지 불쌍하고 한심스럽다' 하였다.

"애, 그런데 말끝이 나왔으니까 말이다, 빨래 언제 하니?"

"왜요? 모레는 해야겠어요."

"그러면 저녁때 늦지?"

"아마 늦을걸이요."

"일찍 끝이 나더라도 개천에 게 살아라. 그러면 건넌방 아씨하고 저녁 해놀 터이니 늦게 돌아와서 잡수어라. 내 손으로 한 밥맛이 어떤가 보아라. 히히히."

시월이도 같이 웃는다. 어쩌면 사람이 저렇게 인정스러운가 한다. '누가 나 먹으라고 단 참외나 주었으면, 저 작은 아씨 갖다 드리게' 속으로 혼잣말을 한다. 과연 시월이는 이렇게 고마운 소리를 들을 때마다 황송스러워 어찌할 수가 없다. 그래서 입이 있으나 어떻게 말할 줄도 모르고 다만 작은 아씨가 잘 먹는 과실을 아는지라, 제게 돈이 있으면 사다가라도 드리고 싶으나 돈은 없으므로 사지는 못하되 틈틈이 어디 가서 옥수수며 살구는 곧잘 구해다가 드렸다. 이렇게 경희와 시월이 사이는 사이가 좋을 뿐 아니라 이번에 경희가 일본서 올 때에 시월의 자식 점동(點童)이에게는 큰댁 애기네들보다 더 좋은 장난감을 사다가 준 것은 뼈가 녹기 전까지는 잊을 수강 없다.

"얘, 그런데 너와 일할 것이 꼭 하나 있다."

"무엇이에요?"

"글세 무엇이든지 내가 하자면 하겠니?"

"아무럼요, 하지요!"

"너, 왜 그렇게 우물뚜덩을 더럽게 해놓니. 도무지 더러워서 볼 수가 없다. 그러니 내일부터 설음질 뒤에는 꼭 날마다 나하고 우물뚜덩을 치우자. 너 혼자만 하라는 것은 아니다. 그렇게 하겠니?"

"네, 제가 혼자 날마다 치우지요."

"아니 나하고 같이해…… 재미스럽게 하하하."

"또 재미요? 하하하하."

부엌이 떠들썩하다. 아마루에서 들으시던 경희 어머니는 '또 웃음이 시작되었군' 하신다.

"아이 무엇이 그리 우순지 그 애가 오면 밤낮 셋이 몰켜다니며 웃는 소리에 도무지 산란해 못 견디겠어요. 젊었을 때는 말똥 구르는 것이 다 우습다더니 그야말로 그런가 보아요."

수남 어머니에게 대하여 말을 한다.

"웃는 것밖에 좋은 일이 어디 있습니까. 댁에를 오면 산 것 같습니다."

수남 어머니는 또 휘…… 한숨을 쉰다. 마루에 혼자 떨어져 바느질하던 건넌방 색씨는 웃음소리가 둘리자 한 발에 신을 신고 한발에 짚신을 끌며 부엌 문지방을 들어서며,

"무슨 이야기요? 나도……."

한다.

3

"마누라, 주무시오?"

이철원(李鐵原)은 사랑에서 들어와 안방문을 열고 경희와 김 부인 자는 모기장 속으로 들어선다. 김부인은 깜짝 놀라 일어나 앉는다.

"왜 그러셔요, 어디가 편치 않으셔요?"

"아니, 공연히 잠이 아니 와서……."

"왜요?"

이때에 마루 벽에 걸린 자명종은 한 번을 땡 친다.

"드러누워서 곰곰 생각을 하다가 마누라하고 의논을 하러 들어왔소!"

"무얼이오?"

"경희 혼인 일 말이오. 도무지 걱정이 되어 잠이 와야지."

"나 역 그래요."

"이번 혼처는 꼭 놓치지를 말고 해야지 그만한 곳 없소. 그 신랑 아버지 되는 자하고 난 전부터 익숙히 아는 터이니까 다시 알아볼 것도 없고, 당자(當者)도 그만하면 쓰지 별 아이 어디 있나. 장자이니까 그 많은 재산 다 상속될 터이고 또 경희는 그런 대갓집 맏며느리감이지……."

"글쎄, 나도 그만한 혼처가 없는 줄 알지마는 제가 그렇게 열 길이나 뛰고 싶다는 것을 어떻게 한단 말이요, 그렇게 싫다고 하는 것을 억제(抑制)로 보내었다가 나중에 불길한 일이나 있으면 자식이라도 그 원망을 어떻게 듣잔 말이오……."

"아……니, 불길할 일이 있을 까닭이 있나. 인품이 그만 하겠다, 추수를 수천 석 하겠다, 그만하면 고만이지 그러면 어떻게 하잔 말이요, 계집애가 열아홉 살이 적소?"

김 부인은 잠잠히 있다. 이철원은 혀를 톡톡 차며 후회를 한다.

"내가 잘못이지, 계집애를 일본까지 보내다니 계집애가 시집가기를 싫다니 그런 망칙한 일이 어디 있어. 남이 알까 보아 무섭지. 벌써 적합한 혼처를 몇 군데를 놓쳤으니 어떻게 하잔 말이야. 아이……."

"그러면 혼인은 언제로 하잔 말이오?"

"저만 대답하면 지금이라도 곧 하지. 오늘도 재촉 편지가 왔는데……. 이왕 계집애라도 그만치 가르쳐 놓았으니까 옛날처럼 부모끼리로 할 수는 없고 해서 벌써 사흘째 불러다가 타이르나 도무지 말을 들어 먹어야지. 계집년이 되지 못한 고집은 왜 그리 시운지(센지) 신랑 삼촌은 기어이 조카 며느리를 삼아야겠다고 몇 번을 그러는지 모르는데……."

"그래 무엇이라고 대답하셨소?"

"글세, 남이 부끄럽게 계집애더러 물어본다나 무엇이라나. 그러지 않아도 큰 계집애를 일본까지 보냈으니 어떠니 하고 욕들을 하는데. 그래서 생각해 본다고 했지."

"그러면 거기서는 기다리겠소그래."

"암, 그게 벌써 올 정월부터 말이 있던 것인데 동네집 시악시 믿고 장가 못 간다더니……."

"아이, 그러면 속히 좌우간 결정을 내야겠는데 어떻게 하나. 저는 기어이 하던 공부를 마치기 전에는 죽어도 시집은 아니가겠다 하는데. 그리고 더구나 그런 부잣집에 가서 치맛자락 늘이고 싶은 마음은 꿈에도 없다고 한다오. 그래서 제 동생 시집갈 때도 제것으로 해 놓은 고운 옷을 모두 주었습니다. 비단치마 속에 근심과 설움이 있느니라고 한다오. 그 말도 옳긴 옳아."

김 부인은 자기도 남부럽지 않게 이제껏 부귀하게 살아왔으나 자기 남편이 젊었을 때 방탕하여서 속이 상하던 일과 철원 군수(鐵原郡守)로 갔을 때도 첩이 두셋씩 되어 남몰래 속이 썩던 색악을 하고 경희가 이런 말을 할 때마다 말은 아니 하나 속으로 딴은 네 말이 옳다 한 적이 많았다.

"아이 아니꼬운 년, 그러기에 계집애를 가르치면 건방져서 못쓴다는 말이야……. 아직 철을 몰라서 그렇지……. 글쎄 그것도 그렇지 않소, 오죽한 집에서 혼인을 거꾸로 한단 말이오. 오죽 형이 못나야 아우가 먼저 시집을 가더란 말이오. 김 판사 집도 우리 집 내용을 다 아는 터이니까 혼인도 하자지 누가 거꾸로 혼인한 집 시악씨를 데려가겠소. 아니, 이번에는 꼭해야지……."

부인의 말을 들으며 그럴 듯하게 생각하던 이철원은 이 거꾸로 혼인한 생각을 하니 마음이 급작히 졸여진다. 그리고 생각할수록 이번 김 판사집 혼처를 놓치면 다시는 그런 문벌 있고 재산 있는 혼처를 얻을 수가 없는 것 같다. 그래서 두말할 것 없이 이번 혼인은 강제로라도 시킬 결심이 일어난다. 이철원은 벌떡 일어선다.

"계집애가 공부는 그렇게 해서 무엇해? 그만치 알았으면 그만이지. 일본은 누가 또 보내기는 하구? 이번에는 무관(無關)내지. 기어이 그 혼처하고 해야. 내일 또 한 번 불러다가 아니 듣거든 또 물을 것 없이 곧 해버려야지……."

노기(怒氣)가 가득하다. 김 부인은 "그렇게 하시오"라든지 "마시오"라든지 무엇이라고 대답할 수가 없다. 다만 시름없이 자기가 풍병(風病)으로 누울 때마다 경희를 시집 보내기 전에 돌아갈까 보아 아슬아슬 하던 생각을 하며,

"딴은 하나 남은 경희를 마저 내 생전에 시집을 보내 놓아야 내가 죽어도 눈을 감겠는데."

할 뿐이다.

이철원은 일어서다가 다시 앉으면 나직한 소리로 묻는다.

"그런데 일본 보내서 버리지 않은 모양이오?"

"아니오. 그 전보다 더 부지런해졌어요. 아침이면 제일 먼저 일어납니다. 그래서 마루 걸레질이며 마당이며 멀겋게 치워놓지요. 그뿐인가요. 떡하면 떡방아 다 찧도록 체질해 주기……. 그러게 시월이는 좋아서 죽겠다지요……."

김 부인은 과연 경희가 일하는 것을 볼 때마다 큰 안심을 점점 찾았다. 그것은 경희를 일본 보낸 후로는 남들이 비난할 때마다 입으로는 말을 아니하나 항상 마음으로 염려되는 것은 경희가 만일에 일본까지 공부를 갔다고 난 체를 한다든지 공부한 위세로 사내 같이 앉아서 먹자든지 하면 그 꼴을 어떻게 남이 부끄러워 보잔 말인고 하고 미상불 걱정이 된 것은 어머니 된 자의 딸을 사랑하는 자연한 정(情)이라. 경희가 일본서 오던 그 이튿날부터 앞치마를 치고 부엌으로 들어갈 때 오래간만에 쉬러 온 딸이라 밀리기는 하였으나 속으로는 큰 숨을 쉴만치 안심을 얻은 것이다.

경희 가족은 누구나 다 아는 바와 같이 경희의 마루 걸레질, 다락, 벽장 치움새는 전부터 유명하였다. 그래서 경희가 서울 학교에 있을 때 일 년에 세 번씩 휴가에 오면 으레 다락 벽장이 속속까지 목욕을 하게 되었다. 또 김 부인의 마음에도 경희가 치우지 않으면 아니 맞도록 되었다. 그래서 다락이 지저분하다든지 벽장이 어수선하게 되면 벌써 경희가 올 날이 며칠 아니 남은 것을 안다. 그리고 경희가 집에 온 그 이튿날은 경희를 보러오는 사촌 형님들이며 할머니, 큰어머니는 한 번씩 열어보고 "다락 벽장이 분(粉)을 발랐고나" 하시고 "깨끗하기도 하다" 하시며 칭찬을 하시었다. 이것이 경희가 집에 가는 그 전날밤부터 기뻐하는 것이고 경희가 집에 온 제일의 표적이었다.

김 부인은 이번에 경희가 일본서 오면 연년(年年) 세 번씩 목욕을 시켜주던 다락 벽장도 치워주지 아니할 줄만 알았다. 그러나 경희는 여전히 집에 도착하면서 부모님께 인사 여쭙고는 첫 번으로 다락 벽장을 열었다. 그리고 그 이튿날 종일 치웠다.

그런데 이번 경희의 소제(掃除) 방법은 전과는 전혀 다르다. 전에 경희의 소제 방법은 기계적이었다. 동쪽에 놓았던 제기며 서쪽 벽에 걸린 표주박을 쓸고 문질러서는 그 놓았던 자리에 그대로 놓을 줄만 알았다. 그래서 있던 거미줄만 없고 쌓였던 먼지만 털면 이것이 소제인 줄만 알았다. 그러나 이번 소제방법은 다르다. 건조적(建造的)이고 응용적이다. 가정학에서 배운 질서, 위생학에서 배운 정리, 또 도화(圖畵) 시간에 배운 색과 색의 조화, 음악 시간에 배운 장단의 음율을 이용하여, 지금까지의 위치를 전혀 뜯어 고치게 된다. 자기(磁器)를 도기(陶器) 옆에다도 놓아보고 칠첩 반상을 칠기(漆器)에도 담아본다. 주발 밑에는 자발보다 큰 사발을 받쳐도 본다. 흰 은쟁반 위로 노르스름한 전골 방아치도 늘어 본다. 큰 항아리 다음에는 병(甁)을 놓는다. 그리고 전에는 컴컴한 다락 속에서 먼지 냄새에 눈쌀도 찌푸렸을 뿐 아니라 종일 땀을 흘리고 소제하는 것은 가족에게 들을 칭찬의 보수를 받으려 함이었다. 그러나 이번에는 이것도 다르다. 경희는 컴컴한 속에서 제 몸이 이리저리 운동케 하는 것이 여간 재미스럽게 생각지 않았다. 일부러 빗자루를 놓고 쥐똥을 집어 냄새도 맡아보았다. 그리고 경희가 종일 일하는 것은 아무바라는 보수도 없다. 다만 제가 저 할 일을 하는 것밖에 아무것도 없다.

이렇게 경희의 일동일정(一動一靜)의 내막에는 자각이 생기고 의식적으로 되는 동시에 외형으로 활동할 일은 때로 많아진다. 그래서 경희는 할 일이 많다. 만일 경희의 친한 동무가 있어서 경희의 할 일 중에 하나라도 해 준다면 비록 그 물건이 경희의 손에 있다 하더라도 그것은 경희의 것이 아니라 동무의 것이다. 이러므로 경희가 좋은 것을 갖고 싶고 남보다 많이 갖고 싶을진대 경희의 힘으로 능히 할 만한 일은 행여나 털끝 만한 일이라도 남더러 해 달라고 할 것이 아니다. 조금이라도 남에게 빼앗길 것이 아니다. 아아, 다행이다. 경희의 넙적다리에는 살이 쪘고 팔뚝은 굵다. 경희는 이 살이 다 빠져서 걸을 수가 없을 때까지 팔뚝의 힘이 없어 늘어질 때까지 할 일이 무한이다. 경희가 가질 물건도 무수하다. 그러므로 낮잠을 한 번 자고 나면 그 시간 자리가 완연히 턱이 난다. 종일 일을 하고나면 경희 반드시 조금씩 자라난다. 경희 갖는 것은 하나씩 늘어간다. 경희는 이렇게 아침부터 저녁까지 얻기 위하여 자라갈 욕심으로 제 힘껏 일을 한다.

이철원도 자기 딸이 일하는 것을 나마다 본다. 또 속으로 기특하게도 여긴다. 그러나 이렇게 자기 부인에게 물어본 것은 이철원도 역시 김 부인과 같이 경희를 자기 아들의 권고에 못 이겨 일본까지 보내었으나 항상 버릴까 보아 염려되던 것은 사실이었다. 그러므로 오늘 저녁에 부부가 앉아서 혼처에 대한 걱정이라든지 그애 버릴까 보아 염려하던 것을 안심하는 부모의 애정은 그 두 얼굴에 띠운 웃음 속에 가득하다. 아무러한 지우(知友)며 형제며 효자인들 어찌 이 부모가 염려하시는 염려, 기뻐하시는 참 기쁨 같으리오. 이철원은 혼인하자고 할 곳이 없을까 보아 바짝 졸였던 마음이 조금 누그러졌다. 그러나 마루로 내려서며 마른 기침 한 번을 하며 "내일은 세상 없어도 하여야지" 하는 결심의 말은 누구의 명령을 가지고라도 깨뜨릴 수 없을 것 같이 보인다.

새벽닭이 새날을 고한다. 까맣던 밤이 백색으로 활짝 열린다. 동창(東窓)의 장지 한 편이 차차 밝아오며 모기장 한 끝으로부터 점점 연두색을 물들인다. 곤히 자던 경희의 눈은 뜨였다. 경희는 또 오늘 종일의 제 일을 시작할 기쁨에 취하여 벌떡 일어나서 방을 나선다.

4

때는 정히 오정이라 안마루에서는 점심상이 벌어졌다. 경희는 사랑에서 들어온다. 시월이며 건넌방 형님은 간절히 점심 먹기를 권하나 들은 체도 아니하고 골방으로 들어서며 사방 방문을 꼭꼭 닫는다. 경희는 흑흑 느껴 운다. 방바닥에 엎드리기도 하다가 일어 앉기도 하고 또 일어나서 벽에다 머리를 부딪친다. 기둥을 불끈 안고 핑핑 돈다. 경희는 어찌할 줄 몰라 쩔쩔 맨다. 경희의 조그마한 가슴은 불같이 타온다. 걸린 수건자락으로 눈물을 씻으며 이따금 하는 말은 "아이구, 어찌하나……" 할 뿐이다. 그리고 이 집에 있으면 밥이 없어지고 옷이 없어질 터이니까 나를 어서 다른 집으로 쫓으려나 보다 하는 원망도 생긴다. 마치 이 넓고 넓은 세상 위에 제 조그마한 몸을 둘 곳이 없는 것 같이도 생각난다. 이런 쓸데없고 주체스러운 것이 왜 생겨났나 할 때마다 그쳤던 눈물은 다시 비오듯 쏟아진다. 누가 와서 만일 말린다 하면 그 사람하고 싸움도 할 것 같다. 그리고 그 사람의 머리를 한번에 잡아 뽑을 것도 같고, 그 사람의 얼굴에서 피가 냇물과 같이 흐르도록 박박 할퀴고 쥐어 뜯을 것도 같다. 이렇게 사방 창이 꼭꼭 닫힌 조그마한 어두침침한 골방 속에서 이리 부딪고 저리 부딪는 경희의 운명은 어떠한가!

경희의 앞에는 지금 두 길이 있다. 그 길은 희미하지도 않고 또렷한 두 길이다. 한 길은 쌀이 곳간에 쌓이고 돈이 많고 귀염도 받고 사랑도 받고 밝기도 쉬운 황토(黃土)요, 가기도 쉽고 찾기도 어렵지 않은 탄탄대로이다. 그러나 한 길에는 제 팔이 아프도록 보리방아를 찧어야 겨우 얻어먹게 되고 종일 땀을 흘리고 남의 일을 해주어야 겨우 몇 푼 돈이라도 얻어보게 된다. 이르는 곳마다 천대뿐이오, 사랑의 맛은 꿈에도 맛보지 못할 터이다. 발부리에서 피가 흐르도록 험한 돌을 밟아야 한다. 그 길은 뚝 떨어지는 절벽도 있고 날카로운 산정(山頂)도 있다. 물도 건너야 하고 언덕도 넘어야 하고 수없이 꼬부라진 길이요, 갈수록 험하고 찾기 어려운 길이다. 경희의 앞에 있는 이 두 길 중에 하나는 오늘 택해야만 하고 지금 꼭 정해야 한다. 오늘 택한 이상에는 내일 바꿀 수 없다. 지금 정한 마음이 이따가 급변할 리도 만무하다. 아아, 경희의 발은 이 두길 중에 어느 길에 내놓아야할까. 이것은 교사가 가르칠 것도 아니고 친구가 있어서 충고한대도 쓸데없다. 경희 제 몸이 저 갈 길을 택해야만 그것이 오래 유지할 것이고 제 정신으로 한 것이라야 변경이 없을 터이다. 경희는 또 한 번 머리를 부딪고 "아이고, 어찌하면 좋은가!"한다.

경희도 여자다. 더구나 조선 사회에서 살아온 여자다. 조선 가정의 인습에 파묻힌 여자다. 여자란 온량유순(溫良柔順)해야만 쓴다는 사회의 면목(面目)이고 여자의 생명은 삼종지도(三從之道)라는 가정의 교육이다. 일어서려면 압박하려는 주위(周圍)요, 움직이면 사방에서 들어오는 옥이다. 다정하게, 손 붙잡고 충고주는 동무의 말은 열 사람 한 입같이 "편하게 전(前)과 같이 살다가 죽읍시다" 함이다. 경희의 눈으로는 비단옷도 보고 경희의 입으로는 약식 전골도 먹었다. 아아 경희는 어느 길을 택하여야 당연한가? 어떻게 살아야만 좋은가? 마치 길가에 탄평으로 몸을 늘여 기어가던 뱀의 꽁지를 지팡이 끝으로 조금 건드리면 늘어졌던 몸이 바짝 오그라지며 눈방울이 대룩대룩하고 뾰족한 혀를 독기 있게 자주 내미는 모양 같이 이러한 생각을 할 때마다 경희의 몸에 매달린 두 팔이며 늘어진 두 다리가 바짝 가슴 속으로 뱃속으로 오그라들어 온다. 마치 어느 장난감 상점에 놓은 대가리와 몸뚱이 분인 장난감같이 된다. 그리고 십삼 관(貫)의 체중이 급자기 백지 한 장만치 되어 바람에 날리는 것 같다. 또 머리 속은 저도 알 만치 띵하고 서늘해진다. 눈도 깜짝거릴 줄 모르고 벽에 구멍이라도 뚫을 것 같다. 등에는 땀이 흠뻑 고이고 사지는 죽은 사람과 같이 차디차다.

"아이구, 어찌하면 좋은가."

경희는 벙어리가 된 것 같다. 아무 말도 할 줄 모르고 꼭 한마디 할 줄 아는 말은 이 말뿐이다.

경희는 제 몸을 만져본다. 왼편 손목을 바른편 손으로, 바른편 손목을 왼편 손으로 쥐어본다. 머리를 흔들어도 본다. 크지도 않고 조그마한 이 몸…… 이 몸을 어떻게 서야 할까. 이 몸을 어디로 향하여야 좋은가…… 경희는 다시 제 몸을 위에서부터 아래까지 훑어본다. 이 몸에 비단 치마를 늘이고 이 머리에 비취옥잠(翡翠玉簪)을 꽂아볼까. 대가댁 맏며느리 얼마나 위엄스러울까. 새애기 새색시 놀음이 얼마나 재미있을까? 시부모의 사랑인들 얼마나 많을까. 지금 이렇게 천둥이 던 몸이 부모님에게 얼마나 귀염을 받을까. 친척인들 오죽 부러워하고 우러러볼까. 잘못하였다 아아 잘못하였다. 왜, 아버지가 "정하자" 하실 때에 "네" 하지를 못하고 "안 돼요" 했나. 아아 왜 그랬나. 어떻게 하려고 그렇게 대답을 하였나! 그런 부귀를 왜 싫다고 했나. 그런 자리를 놓치면 나중에 어찌하잔 말인가. 아버지 말씀과 같이 고생을 몰라 그런가 보다. 철이 아니 나서 그런가 보다. "나중에 후회하리라" 하시더니 벌써 후회막급인가 보다. 아아 어찌 하나. 때가 더 되기 전에 지금 사랑에 나가서 아버지 앞에 자복할까 보다. "제가 잘못 생각하였습니다"고 그렇게 할까? 아니다. 그렇게 할 터이다. 그것이 적당한 길이다. 그리고 귀찮은 공부도 고만둘 터이다. 가지 마라시는 일본도 또다시 아니가겠다. 이 길인가보다. 이 길이 밟을 길인가보다. 아, 그렇게 정하자. 그러나…….

"아이구, 어찌하면 좋은가……."

경희의 눈은 말똥말똥하다. 전신이 천근만근이나 되도록 무거워졌다. 머리 위에는 큰 동철(銅鐵) 투구를 들씌운 것같이 무겁다. 오그라졌던 두 팔 두 다리는 어느덧 나와서 척 늘어졌다. 도로 전신이 오그라진다. 어찌하려고 그런 대담스러운 대답을 하였다 하고 아버지가 "계집애라는 것은 시집가서 아들딸 낳고 시부모 섬기고 남편을 공경하면 그만이니라" 하실 때에 "그것은 옛날 말이에요, 지금은 계집애도 사람이라 해요, 사람인 이상에는 못할 것이 없다고 해요, 사내와 같이 돈도 벌 수 있고, 사내와 같이 벼슬도 할 수 있어요. 사내가 하는 것은 무엇이든지 하는 세상이에요." 하던 생각을 하며, 아버지가 담뱃대를 드시고 "뭐 어찌고 어째, 네까짓 계집애가 하긴 무얼 해. 일본 가서 하라는 공부는 아니하고 귀한 돈 없애고 그까짓 엉뚱한 소리만 배워가지고 왔어?" 하시던 무서운 눈을 생각하며 몸을 흠찔한다.

과연 그렇다. 나 같은 것이 무얼 하나. 남들이 하는 말을 흉내 내는 것이 아닌가. 아아 과연 사람 노릇 하기가 쉬운 것이 아니다. 남자와 같이 모든 것을 하는 여자는 평범한 여자가 아닐 터이다. 사천 년래의 습관을 깨뜨리고 나서는 여자는 웬만한 학문, 여간한 천재가 아니고서는 될 수 없다. 나폴레옹 시대에 파리의 전 인심을 움직이게 하던 스타엘 부인과 같은 미묘한 이해력, 요설

(饒舌)한 웅변(雄辯), 그런 기재(機才)한 사회적 인물이 아니고서는 될 수 없다. 살아서 오를레앙을 구하고 사(死)함에 프랑스를 구해 낸 잔 다르크 같은 백절불굴의 용진(勇進) 희생이 아니고서는 될 수 없다. 달필(達筆)의 논문가(論文家), 명쾌한 경제서(經濟書)의 저자로 이름이 날린 영국 여권론의 용장(勇將) 포드 부인과 같은 어론(語論)에 정경(精勁)하고 의지가 강고한 자가 아니고서는 될 수 없다. 아아 이렇게 쉽지 못하다. 이만한 실력, 이러한 희생이 들어야만 되는 것이다.

경희가 이제껏 배웠다는 학문을 톡톡 털어 보아도 그것은 깜짝 놀랄 만치 아무것도 없다. 남이 제 앞에서 춤을 추고 노래를 하나 참으로 좋아할 줄을 모르고 진정으로 웃어줄 줄을 모르는 백치 같은 감각을 가졌다. 한 마디 대답을 하려면 얼굴이 벌개지고 어서(語序)를 찾을 줄 모르는 둔설(鈍舌)을 가졌다. 조금 괴로우면 싫어, 조금 맞기만 하여도 통곡을 하는 못된 억병(臆病)이 있다. 이 사람이 이러는 대로 저 사람이 저러는 대로, 동풍 부는 대로 서풍 부는 대로 쓸리고 따라가도 고칠 수 없이 쇠약한 의지가 들어 앉았다. 이것이 사람인가. 이것이 가진 위인이 사람 노릇을 하잔 말인가. 이까짓 남들 다 하는 ㄱ ㄴ쯤의 학문으로, 남들도 지을 줄 아는 삼시 밥 먹을 때 오른손에 숟가락 잡을 줄 아는 것쯤으로는 벌써 틀렸다. 이럼도 없는 허영심이다. 만일 고금(古今) 사업가의 각 부인들이 알면 코웃음을 칠 터이다. 정말 엉뚱한 소리다. "아이구, 어찌하면 좋은가……."

여기까지 제 몸을 반성한 경희의 생각에는 저를 맏며느리로 데

155

려가려는 김 판사집도 딱하다. 또 저 같은 천치가 그런 부귀한 댁에서 데려가려면 고개를 숙이고 네네, 소녀를 바치며 얼른 가야 할 것이 당연한 일인데 싫다고 하는 것은 제가 생각하여도 괘씸한 일이다. 그리고 아버지며 어머니며 그 외 여러 친척 할머니 아주머니가 저를 볼 때마다 시집 못 보낼까 보아 걱정들을 하는 것이 당연한 일인 것도 같다.

경희는 이제까지 비녀 쪽진 부인들을 보면 매우 불쌍히 생각하였다. '저것이 무엇을 알고 저렇게 어른이 되었나. 남편에게 대한 사랑도 모르고 기계같이 본능적으로만 저렇게 금수와 같이 살아가는구나. 자식을 귀애(貴愛)하는 것은 밥이나 많이 먹이고 고기나 많이 먹일 줄만 알았지 좋은 학문을 가르칠 줄은 모르는구나. 저것도 사람인가' 하는 교만한 눈으로 보아왔다. 그러나 웬일인지 오늘은 그 부인네들이 모두 장하게 보인다. 설거지하는 시월이 머리에도 비녀가 꽂힌 것이 저보다 훨씬 나은 것도 같이 보인다. 담 사이로 농민의 자식들의 우는 소리가 들리는 것도 저보다 훨씬 나은 딴 세상 같다. 아무리 생각하여도 저는 저 같은 어른이 될 수 없을 것 같고 제 몸으로는 저와 같이 아이를 낳을 수가 없는 것 같다. '저와 같이 이렇게 가기 어려운 시집을 어쩌면 그렇게들 많이 갔고 저와 같이 이렇게 어렵게 자식의 교육을 이리저리 궁구하는 것을 저렇게 쉽게 잘들 살아가누' 생각을 한즉, 저는 아무것도 아니다. 그 부인들은 자기보다 몇십 배 낫다.

'어떻게 저렇게들 쉽게 비녀로 쪽찌게 되었나? 어쩌면 저렇게 자식들을 많이 낳아가지고 구순히들 잘 사누. 참 장하다.

경희는 생각할수록 그네들이 장하다. 그리고 저는 이렇게도 시집가기가 어려운 것이 도무지 이상스럽다. '그 부인네들이 장한가? 내가 장한가? 이 부인네들이 사람일까? 내가 사람일까?' 이 모순이 경희의 깊은 잠을 깨우는 큰 번민이다. '그러면 어찌하여야 장한 사람이 되나' 하는 것이 경희의 머리가 무거워지는 고통이다.

"아이구, 어찌하나 내가 그렇게 될 줄 알았을까……."

한 마디가 늘었다. 동시에 경희의 머리 끝이 우쩍 위로 올라간다. 그리고 경희의 뻔뻔한 얼굴, 넓적한 입, 길쭉한 사지의 형상이 모두 스러지고 조그마한 밀짚 끝에 깜박깜박 하는 불꽃 같은 무엇이 바람에 떠 있는 것 같다. 방만은 후끈후끈하다. 부지중에 사방 창을 열어 제쳤다.

뜨거운 강한 광선이 별안간에 왈칵 대드는 것은 편싸움꾼의 양편이 육모방망이를 들고 "자……" 하며 대드는 것같이 깜짝 놀랄 만치 강하게 쪼여 들어온다. 오색이 혼잡한 백일홍 활년화(活年化) 위로는 연락부절(連絡不絶)히 호랑나비 노랑나비가 오고 가고 한다. 배나무 위의 까치 보금자리에는 까만 새끼 대가리가 들락날락하며, 어미 까마귀가 먹을 것을 가지고 오는 것을 기다리고 있다. 댑싸리 그늘 밑에는 탑실개가 쓰러져 쿨쿨 자고 있다. 그 배는 불룩하다. 울타리 밑으로 굼벵이 잡으러 다니는 어미닭의 뒤로는 대여섯 마리의 병아리가 줄줄 따라간다. 경희는 얼빠진 것 같이 멀거니 앉아서 보다가 몸을 일부러 움직이었다.

저것! 저것은 개다. 저것은 꽃이고 저것은 닭이다. 저것은 배나

무다. 그리고 저기 매달린 것은 배다. 저 하늘에 뜬 것은 까치다. 저것은 항아리고 저것은 절구다. 이렇게 경희는 눈에 보이는 대로 그 명칭을 불러본다. 옆에 놓인 머릿장도 만져본다. 그 위에 개어서 얹은 명주이불도 쓰다듬어 본다. "그러면 내 명칭은 무엇인가? 사람이지! 꼭 사람이다."

경희는 벽에 걸린 체경(體鏡)에 제 몸을 비추어본다. 입도 벌려 보고 눈도 끔쩍여본다. 팔도 들어 보고 다리도 내어놓아 본다. 분명히 사람 모양이다. 그리고 드러누운 탑실개와 굼벵이 찍으러 다니는 닭과 또 까마귀와 저를 비교해 본다. 저것들은 금수, 즉 하등동물이라고 동물학에서 배웠다. 그러나 저와 같이 옷을 입고 말을 하고 걸어다니고 손으로 일하는 것은 만물의 영장인 사람이라고 배웠다. 그러면 저도 이런 귀한 사람이다.

아, 대답 잘했다. 아버지가 "그리로 시집가면 좋은 옷에 생전 배불리 먹다 죽지 않겠니?" 하실 때에 그 무서운 아버지 앞에서 평생 처음으로 벌벌 떨며 대답하였다. "아버지 안자(顔子)의 말씀에도 일단사(一簞食)와 일표음(一瓢飮)에 낙역재기중(樂亦在其中)이라는 말씀이 없습니까? 먹고만 살다 죽으면 그것은 사람이 아니라 금수(禽獸)이지요. 보리밥이라도 제 노력으로 제 밥을 제가 먹는 것이 사람인 줄 압니다. 조상이 벌어놓은 밥 그것을 그대로 받은 남편의 그 밥을 또 그대로 얻어먹고 있는 것은 우리집 개나 일반이지요." 하였다. 그렇다. 먹고 죽으면 그것은 하등동물이다. 더구나 제 손가락 하나 움직이지 않고 조상의 재물을 받아가지고 제가 만들기는 둘째 쳐놓고 받은 것도 쓸 줄 몰라 술이나 기생에게 쓸데없이 낭비하는, 사람이 아니라 금수와 같이 배 뚜드리다가 죽는 부자들의 가정에는 별별 비참한 일이 많다. 태(殆: 거의)히 금수와 구별을 할 수도 없는 일이 많다. 그런 자는 사람의 가죽을 잠깐 빌어다가 쓴 것이지 조금도 사람이 아니다. 저 댑싸리 그늘 밑에 드러누우려 하여도 개가 비웃고 그 자리가 아깝다고 할 터이다.

그렇다. 괴로움이 지나면 낙이 있고 울음이 다하면 웃음이 오고 하는 것이 금수와 다른 사람이다. 금수가 능치 못하는 생각을 하고 창조를 해내는 것이 사람이다. 사람이 번 쌀, 사람이 먹고 남은 밥찌꺼기를 바라고 있는 금수, 주면 좋다는 금수와 다른 사람은 제 힘으로 찾고 제 실력으로 얻는다. 이것은 조금도 모순이 없는 사람과 금수와의 차별이다. 조금도 의심없는 진리이다.

경희도 사람이다. 그 다음에는 여자다. 그러면 여자라는 것보다 먼저 사람이다. 또 조선 사회의 여자보다 먼저 우주 안 전 인류의 여성이다. 이철원 김 부인의 딸 보다 먼저 하나님의 딸이다. 여하튼 두말할 것 없이 사람의 형상이다. 그 형상은 잠깐 들썩은 가죽뿐 아니라 내장의 구조도 확실히 금수가 아니라 사람이다.

오냐, 사람이다. 사람으로 보이지 않는 험한 길을 찾지 않으면 누구더러 찾으라하리! 산정(山頂)에 올라서서 내려다보는 것도 사람이 할 것이다. 오냐, 이 팔은 무엇 하자는 팔이고 이 다리는 어디 쓰자는 다리냐?

경희는 두 팔을 번쩍 들었다. 두 다리로 껑충 뛰었다.

빤빤한 햇빛이 스르르 누그러진다. 남치마빛 같은 하늘빛이 유

연히 떠오른 검은 구름에 가리운다. 남풍이 곱게 살살 불어 들어
온다. 그 바람에는 화분(花粉)과 향기가 싸여 들어온다. 눈앞에 번
개가 번쩍번쩍 하고 어깨 위로 우레소리가 우루루루 한다. 조금
있으면 여름 소나기가 쏟아질 터이다.

경희의 정신은 황홀하다. 경희의 키는 별안간 이(飴: 엿) 늘어지
듯이 부쩍 늘어진 것 같다. 그리고 목(目)은 전 얼굴을 가리우는
것 같다. 그대로 푹 엎드리어 합장으로 기도를 올린다.

하나님! 하나님의 딸이 여기 있습니다. 아버지! 내 생명은 많은
축복을 가졌습니다.

보십쇼! 내 눈과 내 귀는 이렇게 활동하지 않습니까?

하나님! 내게 무한한 광영(光榮)과 힘을 내려 주십쇼.

내게 있는 힘을 다하여 일하오리다.

상을 주시든지 벌을 내리시든지 마음대로 부리시옵소서.

『女子界』(1918. 3)

서동수

▌약 력

건국대학교 국어국문학과를 졸업했으며, 같은 대학교 일반대학원에서 국문학 석사
와 박사학위를 받았습니다. 건국대학교, 극동대학교, 송담대학 등에서 강의를 했으
며, 건국대학교 교양학부 강의교수를 지냈습니다. 현재는 건국대학교를 비롯해 몇몇
의 대학에 출강하고 있습니다. 요즘 문학과 기억 간의 관계에 대해 관심을 갖고 연
구하고 있습니다. 특히 한국전쟁기 문학과 집단기억에 관해 집필 중입니다.

▌주요 논저

주요 논문으로는 「한국전쟁기 문인과 대동아전쟁의 기억」, 「질병의 수사학과 기억
의 정치학」, 「한국전쟁기 반공텍스트와 고백의 정치학」, 「아동영화 <집 없는 천사>
와 형이상학적 신체의 기획」 등이 있으며, 단행본으로는 『한국현대소설과 이념의 좌
표』, 『성담론과 한국문학』, 『글쓰기의 기술』 등이 있습니다.

한국여성작가연구

나혜석

초판인쇄 | 2010년 8월 9일
초판발행 | 2010년 8월 9일

지 은 이 | 서동수
펴 낸 이 | 채종준
펴 낸 곳 | 한국학술정보㈜
주   소 | 경기도 파주시 교하읍 문발리 파주출판문화정보산업단지 513-5
전   화 | 031) 908-3181(대표)
팩   스 | 031) 908-3189
홈페이지 | http://ebook.kstudy.com
E-mail | 출판사업부 publish@kstudy.com
등   록 | 제일산-115호(2000. 6. 19)

ISBN 978-89-268-1454-3 93810 (Paper Book)
      978-89-268-1455-0 98810 (e-Book)

내일을여는지식 ■ 은 시대와 시대의 지식을 이어 갑니다.